ベリーズ文庫

契約婚で嫁いだら、愛され妻になりました

宇佐木

STARTS
スターツ出版株式会社

目次

契約婚で嫁いだら、
愛され妻になりました

婚約成立

【今日も無事、仕事を終えてきた。夕食は炒飯《チャーハン》。明日も頑張ろう】

彼女の日課。それは一日の終わりに、ひとこと日記を書くこと。正直、毎日同じことの繰り返しで、内容はほぼ一緒。違うところといえば、夕食のメニューくらいだ。

しかし、その日、彼女は自分でも信じられないような日記を書くことになった。

【婚姻届が受理された。相手は、まだ出会って間もない人――】

＊　＊　＊

都内にある百貨店五階。その一角には、海外ブランド〝チェルヴィーノ〟直営店。ぐるりと囲まれたショーケースには、イタリア製のレザー商品や筆記具、メンズ向けアクセサリーなどがゆったりと並ぶ。

「ありがとうございました。またのお越しを心よりお待ちいたしております」

店員の山崎鈴音《やまざきすずね》は、ショーケースの外側へ出ると、恭《うやうや》しく頭を下げる。上質そうなスーツの男性客は鈴音を振り返ることなく、ショップバッグをぶら提げて、店から出ていった。

その背中が見えなくなると、鈴音は「ふう」と脱力した。今去っていった男性は背も高く、近寄りがたいほど端正な顔立ちだったため、接客中ずっと緊張していたのだ。

ショーケースの内側へ戻り、今度は感嘆の息を漏らす。

かなりいい値段の革小物シリーズにもかかわらず即決し、さらには鈴音が勧めたものを迷わず追加し、購入していった。一番驚いたのは、まだ二十代後半くらいの容姿で、ブラックカードを出されたことだった。どこかの御曹司なのかもしれないな、などと考えに耽《ふけ》っていると、細い声で「あの」と声をかけられる。

「いらっしゃいませ。なにかお探しでしょうか」

目の前にいる男は、どこかそわそわとし、落ち着きがない。見た目もぱっとせず、流行《はや》りのデザインの洋服なのに、服に着られている印象を受ける。さっきの男性客とは正反対だ。

「こ、今夜、予定ありますか？　食事でも、どう？」

鈴音は返ってきた言葉に耳を疑い、硬直する。堂々とナンパを始めたことにも驚いたが、そういう行為にそぐわないタイプの男に見えたから余計に驚いた。

中肉中背、顔立ちも普通で、これといって特徴がない。もしかしたら、何度か接客をしたことがあるのかも……と思い返してみたが、まったく記憶に残っていない。

「あ、いえ……。そういうのは、ちょっと」

鈴音は頬を引きつらせ、やんわりと答えを濁す。よりにもよって、ちょうど売り場にひとりきり。恐怖を感じていると、男はなにかひらめいたようだ。

「照れてるんだね。可愛《かわい》い。じゃあ、終わる頃、外で待ってるから」

「は……?」

信じられない発言に、鈴音はとうとう自分が店員という立場を忘れ、口をぽかんと開ける。男はにやりと、決して爽やかとは言いがたい笑みを浮かべた。

「鈴音ちゃん、今日は〝ピスカーラ〟の口紅？　その色、僕好きだよ」

彼の指摘に、鈴音は咄嗟《とっさ》に口元を片手で覆い、警鐘を鳴らした。

ネームプレートは名字なのに、下の名前を知っている事実。さらには、愛用しているコスメブランドまで当てられた。後者については偶然かもしれないが、鈴音が恐怖心を抱くには十分だ。

鈴音が恐怖におののいて凍りついている間に、男はその場からいなくなった。

思えば、鈴音がこれまで付き合ってきた相手は、全員ひどいものだった。

高校時代の彼は、デートのたびに迫ってくるため嫌気が差し、短大生のときの彼は浮気性だった。社会人になって言い寄ってきた相手は、既婚者という仕打ち。

ここまで男運がないと、恋愛に対してなにも期待しなくなった。幼少期に両親が離婚した経緯もあるせいか、元々、恋愛は人生において重要項目には入っていない。結婚に夢を見たことはないし、このままひとりでもいいと思っている。

鈴音は過去を思い返しては深いため息をつき、項垂《うなだ》れた。


そのあと、仕事に集中できぬうちに閉店を迎える。片づけや発注などをし、さらに一時間経った頃、上司の佐々原広臣《ささはらひろおみ》が声をかけてきた。

「山崎さん、お疲れ様。もう上がっていいよ」

「……はい。じゃあ、お先に失礼します」

本当はまだ帰りたくはない。さっきの男が、外で待っている気がしてならないのだ。

しかし鈴音は普段から他人を頼ることが苦手で、佐々原に現状を切り出せなかった。

唯一、この百貨店に頼れる相手がいるにはいるのだが、不幸なことにその相手は今日休み。仕方なく、とぼとぼと売り場をあとにした。

更衣室で着替えを終え、きゅっと口を引き結ぶ。裏口とはいえ、百貨店の辺りは明るく、人通りも多い。もしもあの男が本当に待ち伏せをしていたなら、走ってすぐにタクシーを捕まえるか、ここへ戻ってくればいい。この先ひとりで生きていく覚悟をしているのなら、自分でどうにかすべきだ。

鈴音は気持ちを奮い立たせ、社員用玄関を出た。すぐに周りを警戒したが、男の姿はない。安堵《あんど》してひとつ目の角を曲がろうとしたところで、背後から声をかけられた。

「鈴音ちゃん」

「ひっ」

その呼び声に背筋が凍る。恐る恐る後方を確認すると、さっきの男が間近にいた。心の準備はしていたつもりだが、いざとなると心臓は早鐘を打ち、吸った息もうまく吐き出せない。

「驚かせちゃったね。ごめん。そうだ、自己紹介をしていなかった。山内康介《やまうちこうすけ》。『康介』って呼んでいいからね」

鈴音の強張《こわば》った表情を見ても、男はまったく気にせず、朗らかに笑う。さらに、尋ねてもいない名前を告げられ、鈴音は嫌悪感を抱く。

恐怖心はもちろんあるが、ここで怯《ひる》んでは相手の思うつぼ。毅然《きぜん》とした態度で、はっきりと意を示さなければ、と強く手を握りしめる。

「いえ。そうじゃなくて、なんでこんなことをするんですか。迷惑です」

「一ヵ月前くらいにね、館内で僕が具合が悪くて蹲《うずくま》っていたときに、鈴音ちゃんが助けてくれて」

鈴音は今、接客中とは百八十度違う冷ややかな態度で接したつもりだ。それにもかかわらず相手はマイペースを崩さない。山内に気持ちが全然通じなくて、苛立《いらだ》った。

「覚えていない？」

山内はそう言って、また一歩近づいてくる。鈴音は記憶を一ヵ月前くらいまで遡ってみる。言われてみれば、確かにそんなこともあったかな、と微《かす》かに思い出す程度で、彼女にとっては日記につけるほどでもない些細《ささい》な出来事だった。

眉をひそめ、改めて山内を見るが、記憶とは風貌が違う気がする。

「あれは確か、眼鏡《めがね》をかけた、髪が長めの」

「覚えていてくれたんだね！　それが僕。この一ヵ月、鈴音ちゃんをずっと見ていたら、同じフロアの店員との会話で、好きなタイプが短髪で爽やかな男って言っていたからさ。コンタクトにして髪も切ったんだ」

山内は嬉々《きき》として話し続ける。

「その店員が男性のお客さんを見て、『あんな男の人と巡り会いたい』って言ったら、きみも頷《うなず》いていたから」

本来はいけないことだが、業務中にほかのテナントの店員である、友人の梨々花《りりか》と話をしたりする。それも、ほんの数分の会話で、鈴音は『はいはい』と聞いていただけだ。そんな会話まで聞かれていたなんて、と戦慄《せんりつ》する。

「鈴音ちゃんの理想に近づけたら、声をかけようと決めたんだ。この服も、好きかなあって選んだんだよ。僕にとって今日は記念すべき日ってわけ」

山内が着ている黒のジャケットと白いシャツに、見覚えがあった。梨々花の店でマネキンに着せていた商品だ。

「仕事のあとに、こんなところで立ち話をしていたら疲れるよね？　どこに行こうか？　あ、韓国料理が好きなんだっけ？　これから一緒に食べに行く？」

鈴音は身が竦《すく》み、逃げることもできない。ようやく足を引きずってあとずさるものの、山内はずんずんと距離を縮める。

「鈴音ちゃん？」

「嫌っ……！」

ぬっと伸びてきた山内の手を振り払おうとした途端、恐怖のあまり膝の力が抜け落ちる。身体のバランスを崩し、次に受ける衝撃に備え、目を固く瞑《つむ》った。が、アスファルトに腰を打ちつける予測とは裏腹に、なにかが背中に軽くぶつかっただけ。

鈴音はすぐに、通行人と衝突したことを悟り、振り返る。同時に、ふわりと爽やかなオリエンタル系の香りが鼻孔をくすぐった。

そのにおいには覚えがある。咄嗟に通行人の顔を確認した。百八十センチはある長身の人物と視線が合った瞬間、目を丸くする。相手は、今日接客したブラックカードの男性だった。

彼はぶつかってきておいて謝罪もない鈴音に、険しい表情を見せる。だが、真っ青で追い込まれた表情と、小刻みに震える肩を見て、厳しい顔つきが変化した。

「ああ、失礼しました。彼女とちょっとした言い合いになってしまって」

山内がさらりと嘘《うそ》を口にし、ふたりの間に入る。鈴音は思わず懇願するように、男性に向かって首を横に振った。さらに、高級なスーツにしがみつく。

鈴音にとって、このチャンスを逃せば、もうあとはない。藁《わら》にも縋《すが》る思いだった。

刹那、男性に腰を引き寄せられ、驚愕《きょうがく》する。

「遅かったな。いつも待つのは俺のほうだ。どれだけ俺を夢中にさせたら気が済むんだ？」

男性に艶っぽい瞳を向けられ、抱きしめられた。硬直していると耳元で「名前は？」と尋ねられる。震える声で「鈴音」と答えると、彼はしっかりと鈴音に腕を回し、口を開く。

「言い合いとおっしゃっていましたが、鈴音がなにか失礼なことでも？　でしたら、私が代わりにお詫《わ》びします」

「えっ。いや……」

山内は狼狽《うろた》えるだけで、はっきりしない。男性は鈴音に顔を近づけていく。鈴音はこんな大変な状況下で、妖艶に微笑《ほほえ》む綺麗《きれい》な双眸《そうぼう》に見入っていた。

「まったく。これだから目が離せない」

彼はにこりと笑みをたたえ、大きな手で鈴音の頬を優しく包む。それから、慣れた手つきで上着の内ポケットから名刺を取り出し、山内へ差し出した。

「なにかありましたら、こちらに連絡をください。私が話を聞きます」

山内がおもむろに名刺を受け取ったところで、男性は鈴音の肩を抱く。

「それでは。行こうか、鈴音」

ふたりはその場をあとにする。鈴音はまだ混乱しているが、とりあえず山内から離れられることに心から安堵した。男性に寄り添って歩き、涙声で言う。

「あ、ありがとうございます！」

「あんな切羽詰まった顔を向けられたら、無視するわけにもいかないだろう」

男性に呆れ声で言われ、気まずい思いで肩を竦める。

「申し訳ありません。あの……先ほど、来店してくださった方ですよね？」

「別れ話のいざこざか？」

「ちっ、違います！　私、さっきあの人を知って……！　ずっと見られていたみたいで、話していることもなんかおかしくて」

「ストーカーか」

男性の発言を言下に否定したが、はっきり『ストーカー』と口にされ、深刻になる。しかし、不安な気持ちを押し込め、口角を上げた。

「助かりました。できることは限られますけれど、なにかお礼をさせてください！」

「べつに、礼欲しさにやったわけじゃない」

「それでも、もしなにか私にできることがありましたらご連絡ください！　次にお店にいらしてくださったついでで構いませんし」

カバンをゴソゴソと探り、名刺入れから一枚引き抜く。手帳のペンホルダーから万年筆を取り出し、携帯の番号を記入した。

「本当に、ありがとうございました！」

名刺を手渡し、深くお辞儀をする。彼は名刺を見たまましばらく動かなかったが、ふとつぶやいた。

「お礼、か」

「はっ、はい！　私にできることでしたら、なんでも！」

男性は「なんでもね」とつぶやいて鈴音を一瞥《いちべつ》し、名刺を内ポケットに入れると、雑踏の中に溶けていった。


昨夜の帰り道、鈴音はコンビニに立ち寄った際に防犯ブザーが目に入り、思わず購入した。念のため、とそれをカバンにぶら提げ、出勤する。

勤務中は心配していたようなことはなにもなく、昼休憩の時間になった。今日は夜に、梨々花と一緒に外食に行く約束をしている。ひとりではないおかげで、だいぶ心が落ち着いていた。

レザーベルトの腕時計で、休憩時間になったのを確認する。ビニールのカバンを手に売り場を出ようとしたとき、目の前に気配を感じて勢いよく顔を上げた。立っていたのは昨夜の恩人の男性で、ほっとする。

「あっ！　昨日はありがとうございました！　もしかして、お礼の件でいらしてくださったんですか？」

「いや、それは保留で。今日はたまたま用事があって来たから、ついでに渡しておこうと思っただけだ」

てっきり、礼のことで来店したのだと思った鈴音は首を傾《かし》げる。男性は、すっと一枚の名刺を差し出した。

「俺だけ名刺をもらって、うっかり自分のを渡し忘れていたから」

「そのためだけにですか⁉　お気遣いいただかなくて結構でしたのに」

鈴音は両手で丁重に受け取った名刺に視線を落とすや否や、絶句する。

【ローレンス本社　代表取締役副社長　黒瀧《くろたき》　忍《しのぶ》】

思わず声を上げたくなった。〝ローレンス〟とは、世界でも人気な日本の化粧品ブランドで、鈴音の勤めるこの百貨店にも店舗がある。そんな有名な大企業の副社長と知れば、驚くのも至極当然だ。

狐《きつね》につままれたように、ぽかんと名刺を見続けていると、忍は小さく笑った。

「今日のリップのほうがきみに似合っているな。ああ、うちの人気定番色か」

「えっ」

鈴音は目を丸くして忍を見上げる。確かに今日はローレンスのリップだ。昨日、山内が言い当てたものは使いたくなくて、特別な日に使うローレンスのリップを塗ったのだ。

「まさか、塗ったのを見ただけで……?」

「まあね、と言いたいところだけど、さすがにそこまでは」

忍は片方の口角を上げ、面白げに目を細めて言った。そして、鈴音の腕にぶら提がった透明のビニールバッグを指す。

「そこにリップが見えたから」

「あ、ああ……。そうですよね。びっくりしました」

今朝は時間がなくて、従業員が使う店内用のカバンに、ローレンスのリップをそのまま入れていた。それでわかったのか、と納得した半面、リップの底に貼ってある品番シールだけで、定番色だとすぐに言えることに感服する。

山内に当てられたのは不気味だったが、忍には違う感情を抱いた。

「じゃあ、また」

忍は振り返ることなく、颯爽《さっそう》といなくなった。鈴音はしばらく彼の名刺を見つめ、立ち呆《ほう》けていた。

「なにそれっ！　気持ち悪い！」

ダイニングバーに、嫌悪に満ちた梨々花の声が響き渡る。

「なんで、誰でもいいからすぐに相談しなかったの！」

梨々花はテーブルの上をドン！と叩《たた》き、前のめりになって怒った。ドリンクが運ばれてきて早々に、山内の件を話したら、彼女は見る見るうちに険しい顔つきになり、今に至る。

「なんか……言い出せなくて」

「ダメだよ！　ひとりじゃ危険だって！　無事だったからよかったものの」

オーダーした料理が運ばれてきているのに、梨々花は見向きもせず矢継ぎ早に質問をする。鈴音は店員に会釈《えしゃく》をし、去っていったのを確認してから梨々花と向き合う。

「それが……その人、本当に待ち伏せしていて」

「ええっ⁉　ま、まさか、なんかされたんじゃ……」

「あ！　ううん、大丈夫だったの！　行きずりの男の人が助けてくれて」

「行きずりの男ぉ？　ちょっと。そいつも大丈夫なの？」

梨々花は手元にあるグラスを倒しそうなほど、身を乗り出す。

「うん。今日、名刺くれたから」

鈴音は怪訝《けげん》そうな視線を受け、慌ててカバンを探った。

「今日？　いつの間に？」

「休憩に入るときに。昨日、私の名刺をもらったのに自分のを渡していなかったから、って」

「その男も怪しいんじゃないの？」

「大丈夫だよ。だって、ローレンスの副社長だよ？」

もらった名刺を確認して言い、梨々花へすっと渡した。

「はあぁ!?　なにそれ！　これ、本物？　騙《だま》されてない？」

梨々花は大きなリアクションで、名刺と鈴音の顔を繰り返し交互に見る。

「うん。その人、助けてくれた日、うちで買い物もしてくれててね。ブラックカードを持ってた」

「……そりゃ本物だ。ねえ、その人って何歳くらい？　やっぱり、もういい年のおじさん？」

「それが、聞いてはいないけれど若く見えて。三十歳前後くらい……？」

「はあ!?　もうそれって棚ぼたじゃん！　そこから恋に発展とかないの？」

鈴音は梨々花と三年以上の付き合いだ。彼女がすぐに恋愛へと話を持っていくことにも慣れていた。鈴音は涼しい顔でグラスを口に寄せる。

「あるわけないでしょ。ただ、お礼はしなきゃと思って」

「ブラックカードを持ってるような人なんだから、お礼なんていらないでしょ」

「それとこれとはべつ。私の気持ちの問題」

重なっている皿を一枚取って、サラダを取り分けながら答える。その間も梨々花は料理に目もくれず、名刺に釘《くぎ》づけだ。

「黒瀧 忍だって。名前までカッコイイね。さすが若くして大企業の副社長になるだけあるわ」

感嘆の息を漏らし、名刺を鈴音に返した。

「いやあ。でも普通の女子は、そんな劇的な出会いがあったら目の色変えて飛びつく物件だよ。どうやってお近づきになろうかって、今頃、必死になってるって」

「そうなんだ」

「はあ。鈴音は冷めてるもんね。本当に、この先そんなんでいいの？」

鈴音は話している間、黄色い声を上げることも、表情を緩ませることもない。淡々と事のあらましだけを告げ、平然として箸を取り、梨々花に渡す。

「べつに。もう彼氏とかはいい。周りと同じように、結婚とかそういう夢を見ようと無理するのは、とっくにやめたから」

鈴音から箸を受け取った梨々花は、呆れ顔で漏らす。

「男運が悪かったってのは知ってるけど、次はどうかわからないのに」

「いいったらいいの。ほら、食べよう」

鈴音は口を尖《とが》らせる梨々花を一蹴し、トマトを頬張った。


翌日。鈴音は朝から日記帳を眺める。二十歳頃から欠かさずつけている日記には、山内のことは一切触れていない。日記につけたら、ずっと残る。思い出したくないことだから、あえて書かないようにしていた。

昨夜は梨々花に見守られる中、タクシーに乗り帰宅したため、何事もなかった。どうか平穏なまま時間が過ぎてほしい。そう願っていたところに、鈴音の携帯が鳴った。朝から誰だろうかと首を傾げると、ディスプレイには登録していない番号が表示されていた。

「えっ……？」

神妙な面持ちで携帯を見つめる。嫌な予感しかしない。真っ先に浮かんだのは、今、最も恐れている相手、山内だ。携帯が鳴り続ける間、心臓がドクドクと騒ぎ、恐怖も大きくなっていく。鈴音は堪《たま》らず、枕の下に携帯を押し込めた。

しばらくして着信音もやみ、部屋には静寂が訪れる。

「なんで番号まで……信じられない……」

震える声で、ぽつりとつぶやく。そのあと、出勤するギリギリの時間まで、携帯に触れる勇気が出なかった。


それから無事に職場に着いたのはいいが、警戒しすぎて、すでに疲労困憊《こんぱい》。更衣室でのそのそと制服に袖を通していると、今朝の着信が過《よぎ》り、頭を軽く横に振る。

やや乱暴にロッカーを閉めた際、ひらりと手帳から紙が落ちた。忍の名刺だ。

何気なく名刺に視線を落としながら、更衣室の出入口へ向かう。あと一歩でドアノブに手が届くところで足を止めた。

「あれ……？」

鈴音は従業員用ビニールバッグに入れていた携帯を出し、夢中で操作する。

「なんだあ……」

力の抜けた声で、へなへなと壁にもたれかかった。手の中の着信履歴の番号と、忍の名刺に記載されているものが一致していたのだ。

てっきり、着信の犯人は山内だと思っていた。鈴音は心底ほっとする。同時に、お礼のことで忍からの連絡もありうることを、すっかり忘れていた自分に、ため息が漏れた。

今度は勘違いのないように【黒瀧 忍】と携帯に登録する。着信履歴が忍の名前に変わると、不安もなくなった。

従業員通路から館内に移動すると、プライスキューブをきっちり並べている佐々原の姿が見えた。

「おはようございます。佐々原さん、いつも早いですね」

「おはよう。あ、そうだ。山崎さん、これあげるよ」

佐々原は顔を上げ、思い出したように引き出しを開けた。ショーケースの上に置いたものは、手のひらに載る大きさの箱。チェルヴィーノブランドの万年筆用インクだ。

「インク？　えっ、いいんですか？」

「普段、万年筆を使ってるって言ってたよね？　サンプルで何個も送られてきたから」

鈴音が勤めるブランドは、万年筆やボールペンも人気商品だ。革製品と違い、筆記具は女性からも支持を得られていてよく売れる。鈴音も初めは自分の店のものをなにか一本……と思って購入したのだが、いつしかチェルヴィーノの筆記具に魅せられた。

「わあ。ありがとうございます！」

鈴音がうれしそうに受け取ると、佐々原は満足げだった。


出勤して数時間が過ぎ、もうすぐ十二時になる頃。鈴音が接客していると、店の電話が鳴る。電話をちらりと見たが、すぐに佐々原が受話器を取ったので、目の前の客に意識を戻した。

「チェルヴィーノ東京直営店です。はい？　ええ、出勤しておりますが」

佐々原の戸惑う声が耳に届き、どうかしたのだろうかと気になり始める。その直後、客がパンフレットを受け取って帰っていったので、鈴音は佐々原を振り返った。佐々原はちょうど通話を終え、すっきりしない様子で口を開く。

「山崎さん。今、電話があったんだけど……」

「え？　どなたからですか？」

「それが、名前を聞く前に一方的に切られちゃって。『山崎さんは今日はいらっしゃいますか』とだけ聞かれて」

佐々原の言葉に、ぞくりとする。鈴音には、指名されるような客に心当たりなどない。まさか……と山内が頭を掠《かす》め、背筋が凍る。

いや。もしかすると、今朝電話をくれていた忍かもしれない。

鈴音はそう考え、平静を装って答える。

「お客様かもしれませんね。また電話が来るのを待ちます」

「そうだね。あ、山崎さん休憩時間だね。入っていいよ」

「はい。じゃあ、行ってきます」

笑顔で店を出ると、社員通用口に入って息を吐く。佐々原が応対した電話の件を考えるだけで、心臓がドクドクと騒いだ。

階段を上りながら考える。今朝の電話の相手が誰かなんて、突き止めようがない。仮に忍だったのなら、鈴音のほうから電話をかければ確かめることが可能だ。鈴音は足を止めて携帯を手にしたが、さらに考え込む。

ローレンスの副社長ともなれば、多忙を極めるはずだ。そんな相手に、こちらの都合で簡単に電話をしていいものだろうか。

しばしの間悩んだが、お礼の件が気になったので、勇気を出して発信ボタンを押した。呼び出し音が三回繰り返されたところで切ろうとした矢先、音がやみ、『はい』と低い声がした。

「あっ……も、もしもし！　山崎です！」

『ああ』

短い返事だが、耳に心地いい音程だ。鈴音は忍の声に緊張が増す。

「あの……今朝、お電話をいただいていましたよね？　出られずに申し訳ありませんでした」

鈴音には、山内からだと思い込んで電話を無視してしまった罪悪感がある。肩を窄《すぼ》めて忍の返事を待つと、驚く言葉が返された。

『今夜、空いてるか？』

まるで誘い文句。鈴音は、わけがわからず混乱する。

『きみが言う礼の件で、会いたいと思ったんだが』

続く言葉を聞き、はっとして答えた。

「あ、はい！　そういうことでしたら！　八時前には店を出られるかと」

『わかった。迎えに行く』

「えっ。わざわざ悪いです。私が伺いますので」

『いや、いい。俺が行く。八時に、この前会った辺りで』

直後、せわしなく電話を切られる。鈴音の携帯の画面には【通話時間三十二秒】と表示されていた。

鈴音は、多忙な彼が合間を縫ってまで頼む〝お礼〟とはなにか、気になった。

業務を終え、更衣室を出て裏口へ向かう。心臓が脈打っている理由は、忍に会うかではなく、山内が潜んでいないかという不安からだった。

鈴音は左手で携帯を握りしめ、もう片方の手は防犯ブザーのコードに触れていた。

警戒して外に出ると、ふいに呼び止められる。

「鈴音。こっち」

肩を上げて振り向くと、高級な黒いスポーツカーが停まっている。助手席側の開いている窓越しに忍と目が合って、鈴音はほっとした。

「乗って」

いくらなんでも、知り合って間もない男の車に乗るなんて大丈夫だろうか、と頭を過る。鈴音が躊躇《ためら》っていると、忍はやや苛立った声で呼んだ。

「鈴音」

鈴音はびくりと肩を上げ、周りの視線に気づく。忍の高級車が注目を浴びていると気づき、急いでドアを開けて乗り込んだ。

「迎えに来ていただいて、申し訳ありません……」

鈴音がこれまで乗ったことのある車とは、シートの仕様が違う。深く腰が沈み、身体が包まれる。それはとても落ち着くものだった。車内の造りもデザインが洗練されていて、別世界にいる感覚を覚えた。

「そのほうが、効率がよかっただけだ」

忍はあっさりとした返答をし、ぐんとアクセルを踏んだ。鈴音は慣れない高級車に、そわそわと視線を泳がせる。あっという間に普段歩く道を通り過ぎ、窓の外は見たことのない景色に変わる。どこへ向かっているのか尋ねる勇気もなく、流れる街並みを黙って眺めていた。忍は鈴音を見ることもせず、口にする。

「悪いが、時間がもったいないから、ここで単刀直入に言う」

「はい」

忍とは何度か会ってはきたが、彼の横顔をじっくり見るのは初めてのこと。凛々《りり》しい眉、高い鼻梁《びりょう》と切れ長の目はセクシーで、つい魅了される。おぼろげには記憶していたが、ここまで美しい顔立ちだったとは、と見とれた。さらに、肩書きも文句なしだから驚きだ。そんな完璧な人が頼みたいことなど、鈴音には想像もつかない。

ちょうど信号で停まったタイミングで、忍は鈴音を見据えた。

「俺と結婚してほしい」

鈴音は思考が止まる。忍の真剣な瞳に、身動きができなくなった。少し間を置き、乾いた唇を小さく開く。

「は……？　だ、だって私たち、まだお互いのことをなにも」

「山崎鈴音。二十六歳。北海道生まれ、東京育ち。悪いが、時間がなくて調べさせてもらった。きみなら結婚相手にちょうどいい」

眉ひとつ動かさず、冷静に応対する忍に目を剥いた。

「調べさせてって、どういうことですか？　ちょうどいいって、いったいなにが……」

動揺するばかりで、まったく理解できない。茫然《ぼうぜん》と一語ずつ口にする鈴音に、忍は車を発進させて、淡々と言葉を並べる。

「きみは特定の相手がいない。たぶん恋人を探しているわけでもない。違うか？」

鈴音は耳を疑った。走行速度が上がり、美しい夜景が窓の外を流れていく。しかし、景色を楽しむ余裕などない。

「そ、それは……その通りですけれど」

「幼少期に両親は離婚し、母は数年前に新しい家庭を持っていて、きみはそのときから、べつに暮らしていると聞いた」

見事に身辺を言い当てられ、開いた口が塞がらない。驚倒して瞬《まばた》きも忘れ、忍の端正な横顔を食い入るように見つめる。

忍は鈴音の視線をものともせず、革製のハンドルを操作し、辺りが静かな場所に車を一時的に停めると、まるで仕事の一環のように堂々と話を続けた。

「環境的に、結婚の承諾をもらいやすそうだ」

「確かに、そうかもしれません。でも、どうして」

鈴音は瞳を揺らし、ぽつりぽつりと返した。忍が言うように、鈴音の家族は母だけ。その母も、いい相手に巡り会い、鈴音が高校を卒業して就職した直後、再婚している。さらに再婚相手との間に子どももいて、新しい家庭を築いているのだ。

母にも義父にも疎まれているわけではない。だが、遠慮がちな性格も手伝って、鈴音はひとりで生活することを選んだ。

ひとりでずっと暮らすことを、母が心配しているのは知っている。もしも結婚が決まったと報告すれば、手放しで両手を上げて喜び、安心するに違いない。

総合すると、確かに結婚はしやすい環境下にいる。かといって『はい。わかりました』と容易《たやす》く言えるはずがない。

「大体、黒瀧さんでしたら引く手あまた……相手がいなくて困っているなんて、ないでしょう?」

忍はまっすぐ鈴音を見つめる。

「来月中に結婚をしなければ、これまでの努力が水の泡だ」

「え……? あの、おっしゃっている意味が――」

「今、俺の父が会社のトップだ。そして順調にいけば、次は俺。その条件は、三十四歳までに結婚すること。バカげてるだろう?」

訝《いぶか》しげに聞き返した言葉尻にかぶせられた説明に、鈴音は目を丸くした。

「俺は来月、三十四になる。それを過ぎれば、ほかの候補者が有利になるってわけだ。会社が会社だ。創立百年を超える日本屈指の化粧品メーカーの次期社長が、パーティーに特定の女も連れずに顔を出すのが恥らしい。俺にはどうでもいいことだがな」

嘲笑する忍は、さらに饒舌《じょうぜつ》になる。

「まあそれよりも、親父は跡継ぎのことが心配なんだ。うちは新旧会長、現社長と三代続いているし、役員の半分が親族だからな。どうせ、同族経営が一番生き残りやすいとでも考えてるんだろ」

忍の言動を見れば、父である現社長をよく思っていないことは歴然としている。ただ、やはり鈴音は腑《ふ》に落ちない。

「それはわかりましたけれど、なぜ私なんですか」

忍ほどの男ならば、もっとほかに適した女性はいるだろう。鈴音は忍と比べると、あまりに立場が違いすぎる。

忍はドアに肘を置き、頬杖《ほおづえ》をついてフロントガラスの向こうを見ながら答えた。

「昨日、きみは俺の素性を知って動揺はしていたようだが、目の色を変えなかった。大抵の女は『ローレンスの副社長』と口にするだけで、目を輝かせて近寄ってくる。そういう女は論外だし、親父が用意するような箱入り娘もごめんだ」

「だ、だけど、普通の女の子でも、探せばいくらでもいるんじゃ……」

梨々花も『目の色変えて飛びつく物件だよ』と似たことを言っていたが、世の中にいるのは積極的な女性だけではないはずだ。ルックスやステータスに興味のない女子だっている。鈴音のように。

「探す時間がもうない。それに、これは偽装結婚だ。迂闊《うかつ》に惚《ほ》れられたら困る。その点、さっきも確認したが、きみは大丈夫だろ？」

忍は淡々と却下する。彼は『惚れられたら困る』などと言っても嫌味にもならないような完璧な男だ。鈴音もそう思うから、なにも返せない。

少し考え、ぱっとひらめく。

「大丈夫って、どうして言いきれるんですか？　私だって、好きになるかもしれませんよ？」

鈴音のそれは、はったりだ。忍は一般人の鈴音と比べると、まったく別次元の存在だ。大企業の次期社長という彼の背景を考えれば、好きになるにも相当な覚悟がいるだろう。そこまで考えたうえで、あえて鈴音は自分もほかの女性と同じだと念押しをした。この場を切り抜ける有効な手だと思ったのだ。

けれど、忍は慌てることなく、軽く鼻で笑うだけ。

「報告によると、きみはここ数年の男性遍歴がひどすぎる。ストーカーの件もあるし、これで懲りずに頭の中がお花畑になるなら呆れるレベルだ。俺もバカじゃないんでね。そういう恋愛脳しかない女だったら、初めからこんな話を持ちかけたりしない」

忍の見解がもっともすぎて、鈴音は言葉も出ない。がっくりと肩を落とした。

「……いったい、私の昔の話まで、どうやって知ったんですか？」

「俺の秘書が、きみと同フロアの陸奥《むつ》という女性から聞いたと言っていた。どこか情報に間違いでも？」

陸奥とは、梨々花の名字だ。話をしたのが梨々花なら、実家のことから恋愛についてまで知っているから、間違いはない。

忍は自信ありげに口の端を上げ、優雅にシートへもたれる。なにもかも思い通りにいくといった態度が、鈴音はなんだか悔しい。

「無理です。ほかを当たってください」

忍はおもむろに上体を起こし、ハンドルに腕を載せて告げる。

「さっきも言ったはずだ。時間がない、と。それに、きみが言い出したんだろう？」

「は？　なにをですか？」

鈴音は怪訝な顔で聞き返す。『結婚したい』などと口にした覚えはない。忍の言い方だと、まるで鈴音のほうから『結婚してほしい』と頼み込んだように聞こえる。

眉間に皺《しわ》を刻んで鋭い目を向けると、忍は軽く言い放つ。

「礼をする、と」

鈴音は目を大きく見開き、数秒止まる。動揺のあまり、震える声で反論した。

「だからって！　結婚してくれと言われるだなんて、普通考えると思いますか？」

「考えていなくても、たった今、話はした。今から十分考えられる」

「なっ……！」

いくら抵抗しようとも、忍は慌てるどころか顔色ひとつ変えない。さらりと言いくるめ、余裕顔だ。

「ほかのことなら、きちんとお礼をします。結婚の件は無理です」

鈴音は強くはっきりと意思を伝え、シートベルトを外した。ドアを開けようとレバーに手をかけた瞬間、力強く右腕を掴《つか》まれ、引き戻される。

「こんなところで降りてどうする？　家まで送るから乗っていろ」

「だ、大丈夫ですから」

「この間の男は、どうなった？」

容赦なく厳しい現実を突きつけられ、心臓が早鐘を打つ。鈴音が閉口しても、忍は腕を解放せず続けた。

「ああいうやつには、早めに知らしめたほうがいい。形式上でもパートナーがいるとなれば、そうそう変な手出しはしてこられないだろう。それに、きみも安心できる」

鈴音は黒く大きな瞳を揺らす。

「脅し……ですか？」

忍は、真剣な表情で瞬きも忘れている鈴音を見つめ、そっと腕を離した。

「まさか。忠告と提案だ」

しれっと答え、ギアに手を載せる。次の瞬間、鈴音はグン、と重力に引っ張られた。

「とりあえず、家までは送っていく。シートベルトを締めろ」

はっとして、シートベルトを装着した。それを横目で確認した忍は、さらに深くアクセルを踏んだ。

あのあと、ただ飛んでいく景色を眺めるだけで、道中は会話もなかった。結局、鈴音は忍に自宅の玄関前まで送ってもらい、おずおずと頭を下げた。

「ありがとう、ございました……」

数十分前の話は、にわかには信じがたい。鈴音は忍を見るが、変わらぬ表情で心が読めない。これ以上ここに留まっていても、なにも変化はないんだろうと諦め、ドアを開けた。そのとき、ようやく忍が開口する。

「いつでも連絡してきていい。ああ、聞ける用件は『イエス』の返事だけだ。なるべく早めに頼むぞ」

「しっ、しません！」

「そうすれば俺も責任を持って、毎日きみを守ってやる。ほら、家に入れよ。見届けたら帰るから」

忍の言い方は命令口調で、乱暴。しかし、内容は鈴音を気遣ってくれているものだ。それだけに、鈴音は言い返すこともできない。グッと口を噤《つぐ》んで一礼をし、そそくさと家に入った。玄関のドアに背を向けていると、忍の足音が遠のいていく。

鈴音は鍵を閉め、部屋に入り、窓際に向かう。そしてひっそりと、忍の車のテールランプが見えなくなるのを見届けた。


翌日。鈴音は朝からずっと難しい顔をしていた。それは職場に着いても変わらない。接客が終われば、無意識に眉が寄る。昨夜、忍に言われたことが尾を引いているのだ。今や山内のことなど、すっかり頭から消えていた。

いつの間にか、閉店間際にまで時が進んでいたが、鈴音はショーケースにぼんやりと視線を落とし続ける。ほかのスタッフがみんな席を外しているのをいいことに、ひたすら考えごとだ。

結婚を取引みたいに易々と扱う忍の思考が、どうしても理解できない。何度考えても答えは同じ。こればかりは、簡単に引き受けられる話ではない。

そのとき、ふと視線を感じて顔を上げた。

「こんにちは。いやあ、僕の仕事の都合で、二日間も鈴音ちゃんに会えなくて寂しかったよ」

山内だった。目が合った瞬間、ぞわっと全身に鳥肌が立つ。ひとりきりなのに、ぼーっとしていたなんて迂闊だった。

山内に微笑みかけられ、血の気が引く。

「だから昨日、せめて声だけでも聞こうかなってここに電話したんだけど、タイミングが合わなかったみたいだね」

正体不明の電話の相手は、やはり山内だったとわかり、いっそう嫌悪感を強くする。鈴音の表情を見れば、歓迎されていないことは火を見るより明らかだ。それにもかかわらず、山内はにこやかな顔で鈴音に近づき、カウンターに右腕を置く。

「ねえ。この間の人って……本当に彼氏？」

山内の異常な執着が感じられる視線に、鈴音は言葉も出なければ足も動かず、恐怖におののいた。そこで、店内に閉店の音楽が流れ始める。

「あとで答えを聞かせて。待ってるから」

山内はゆっくりと口角を上げ、目を細めて言い残し、去っていく。鈴音は周りの雑音も耳に届かず、恐怖に震える心音だけを感じていた。

チェルヴィーノのスタッフが、更衣室から足早に帰っていくのを見送る。仲が悪いわけではないが、込み入った話ができるほどの間柄でもなく、結局山内のことを言い出せずに終わってしまった。

頼りになる相手といえば梨々花だが、あいにく今日は、年に二度の大がかりな残業があることを聞いていた。

鈴音はひとしきり悩んだものの、今ならまだ人通りも多く、雑踏に紛れられるかもしれない。今日逃げたところで、明日以降もずっと逃げ続けるのは大変だ。それなら毅然とした態度で今日こそ追い払おう、と心に決める。

勇んで裏口へ足を向け、一歩外へ踏み出した。すぐに辺りを見回すも、山内の姿は見えない。不審に思いながらも歩みを進めるにつれ、気を緩めた。三つ目の曲がり角を曲がった矢先、突然手首を掴まれ、人気《ひとけ》のない路地に引き込まれる。声にならない叫びとともに、大きく見開いた目に映った山内の笑みに恐怖を感じた。

「今日もあの男が来るかと様子を見てたけど、やっぱり来ないみたいだね。お勧めのお店があるんだ。行こう。こっちだよ」

「やっ……離して……！　私は行きません！」

渾身《こんしん》の力で山内の手を振り解《ほど》き、身構えて睨《にら》みつける。

「どうして？　約束したよね？」

「や、約束？」

「さっき、『あとで答えを聞かせて』って。『待ってるから』って言ったじゃない」

山内の一方的な言い分に、だんだん怒りが湧いてくる。ずっと握っていた携帯のロックをこっそりと解除すると、恐怖心をごまかすため強めに言い返す。

「私は、あなたと食事をしたりはしません！」

「あの男にそう言えって言われてるんだね。きみは洗脳されてるだけなんだ」

山内は思い込みが激しく、埒《らち》が明かない。鈴音はなすすべなく、焦燥感に駆られた。

接客の仕事柄、いろんな人間に対応してきた。人当たりがいいタイプや、態度が冷たいタイプ、自分の要望ばかりを押しつける人もいれば、メーカー側の事情に納得してくれる人も。

懇切丁寧に話をすれば、大抵の人は最終的に理解を示す。だが稀《まれ》に、どうやっても話が通じない相手もいる。今、鈴音が直面している山内はそれで、なにを言っても響かない相手だ。

鈴音はじりじりと後退する。逃げれば、追われて家がバレる。そうかといって、警察はおろか、狭い路地に助けを求める相手はいない。となると、やはり山内をかいくぐり、人通りのある道に戻って誰かに助けを求め、１１０番をするしかない。

いざ実践しようとしたときに、不安が過る。

混乱した頭で、他人へ端的に説明できるだろうか。誰もが忍のように勘がよく、機転をきかせられるわけではないだろう。

ふいに、忍の声が頭によみがえる。

――『毎日きみを守ってやる』

警察に今助けてもらっても、毎日守ってくれるわけではない。

鈴音は携帯をぎゅっと握る。山内が一歩足を踏み出したのを引き金に、迷いも吹き飛び、一番最近の履歴から発信した。

山内から目を逸《そ》らさず、少しずつ後退しながら発信画面をちらりと見る。通話時間のカウンターが動き始めた瞬間、素早く携帯を耳に当てた。

「助けて……っ」

『――人通りの多いところに出ろ。電話は切るな』

忍の声に背を押され、思いきって駆け出した。山内は鈴音のあとを追う。

『今、どこにいるんだ』

「こ、この前の場所から少し行った辺りの路地に……あっ、カフェがあった！　そこに入ります！」

『待ってろ。幸い、近くにいるからすぐ行ける』

鈴音は歩く人の間を縫うように走り、たまたま出入口が開いたカフェに飛び込んだ。たった百メートルちょっとの距離なのに、フルマラソンでも走ったかのような息切れと動悸《どうき》だ。胸に手を当て、跳ね回る心臓を必死に落ち着ける。

さっき鈴音は、警察ではなく忍に連絡するほうを瞬時に選んだ。身の危険を感じた手前、本来ならば警察のほうがよかったはずだ。しかし、あの状況で的確に通報できる気がしなかった。

結果的に、やはり忍でよかったと感じている。『助けて』というたったひとことだけで、すべてを把握してくれたのだから。

再び携帯を耳に当てようとした瞬間、肩に手を置かれて飛び上がる。

「突然走り出すから、びっくりしたよ。喉が渇いたの？　あ、ここでコーヒーを飲んで話をしようか」

鈴音は目を剥き、声も出せない。他人の笑顔が、これほど怖いと思ったことはなかった。すぐ近くに人はいるのに、言葉が一切出てこない。浅い呼吸を繰り返していると、横から強引に腕を引かれ、涙目を向けた。

「気安く触るな」

低い声で山内を威圧したのは、忍だ。

「これ以上、彼女に付きまとったら警察に連絡するぞ。うちの顧問弁護士を連れてな」

鈴音はヒーローのごとく現れた忍の体温を感じ、無意識のうちに安心していた。

「だ、だって、どうせ嘘だろ？　ローレンスの副社長が鈴音ちゃんの彼氏だなんて」

「嘘？　じゃあ、嘘じゃないってわかれば、きっぱり手を引くんだな？」

忍が鈴音の腰をぐいっと抱き寄せる。そして、顎を捕らえてすぐ、口づけた。

山内はもちろん、店内の客もふたりを凝視する。鈴音は周りの視線を感じる余裕などない。爽やかな香りに包まれ、キスをされていることに意識を奪われる。一瞬の出来事だったが、鈴音にとってはとても長い時間に感じられた。

忍はゆっくり唇を離すと、茫然とする山内を一瞥する。

「あんまり諦めが悪いと、気がついたときには薄暗い取調室だぞ」

余裕綽々《しゃくしゃく》で口の端を上げて言う忍に、山内は下唇を噛《か》みしめ、俯《うつむ》いた。直後、一目散に走り去る。鈴音は山内が店外へ出ていったのを見届け、ほっとした。だが、すぐに周囲の好奇な目に気づき、羞恥心でいっぱいになり、下を向く。

「鈴音。どうした？　なにかされたのか？」

忍は鈴音の両肩に手を置き、顔を覗《のぞ》き込む。

「いいえ、なにも……。ただ、その……こんなこと、ス、スキャンダルに」

キスした事実も、周りの視線も心臓に悪い。忍は終始変わらない落ち着きようで、店内の客など気にすることもなく、しれっと返す。

「婚約中。べつに問題ない」

「こっ、婚約って」

鈴音が慌てて顔を上げた瞬間、忍がずいと鼻先を近づけた。

「二度も助けた。だったら一度くらい、俺を助けてくれてもいいだろ？」

正論を突きつけられ、鈴音はなにも言えなくなった。忍の精悍《せいかん》な目を間近で見て、数分前のキスを思い出し、頬を赤らめる。

「今頷けば、もれなく今後も守ってやるよ」

忍の勝気な笑みに安心するのは事実だ。おずおずと小さく頷いた。それを見届けた忍は、ニッと口角を上げ、鈴音の頭に手を置く。

「契約成立。これから、よろしく」

鈴音は差し出された右手に、そっと手を伸ばす。触れた箇所から伝わる温もりは、心強かった。

契約内容

鈴音は休日の朝、ぼーっとテレビを観ることが多い。今日もいつもより遅めに起き、朝食をとりながら、ぼんやりとワイドショーを眺めていた。有名人の【熱愛発覚！】の文字を眺め、箸を止める。

よくニュースなどで〝スピード婚〟という言葉を見聞きする。出会って数ヵ月とか交際ゼロ日で入籍をした、といった意味合いだ。それに対し、批判する気持ちを持っていたわけではない。むしろ、なんとも思っていなかった。それは、どこかで『自分には関係のないこと』と思っていたからだ。だが、どうだろう。忍と出会って、昨日で四日目だ。まさか、自分が同じような状況になるとは想像もしていない。

すっかり冷めた味噌汁《みそしる》を見つめ、回想していると携帯が鳴る。発信元は忍。

「も、もしもし」

『俺だ。今日、休みって言っていたよな。予定は？』

正座し直して電話に出るなり、前置きもなく用件を言われる。

「特にありませんけど……」

『なら、十一時頃に迎えに行くから準備しておけよ。父親に紹介したい』

「ええっ！　しょ、紹介って！　そんな急に！」

　突然の指令に、思わずその場で立ち上がる。

『最後まで聞け。週末に、だ。今日を入れて三日あるだろ』

「み、三日……」

『俺は、べつに鈴音の服装やメイクは嫌いじゃないけど、初めが肝心かとも思うから、今日いろいろ準備してもらう。じゃ、十一時に』

　呆気《あっけ》なく通話を切られ、しばらく携帯を見つめる。

　本当は今朝起きたとき、昨日のことは夢だったのではないかと思った。今の電話でそんな思いもかき消され、悩み始める。

　大変なことを承諾してしまった。忍の希望に沿うような妻を演じる自信など、微塵《みじん》もない。けれども自ら首を縦に振ったのは事実。

　結婚に夢や理想はない。入籍自体は紙切れ一枚で済むし、鈴音にとって大きな問題ではない。ただ、忍の父に認めてもらえるかどうか。結婚したあとは、どのように生活するのか。そもそも、結婚生活はいつまで続けるつもりなのかなど、わからないことが多すぎて途方に暮れた。時計を見れば、もうすぐ十時になるところ。

「ん？　十一時って言ってたよね……？　やばっ」

慌てて食器を下げると、考えるのをやめ、バタバタと準備を始めた。


インターフォンが鳴ったのは、きっかり定刻通り。改めて約束をして会うのはとても緊張する。鈴音は玄関の前で一度呼吸を整えてから、そっとドアを押し開けた。

「えっ」

見知らぬ男がいて、狼狽える。彼は、忍とはタイプの違う柔らかな顔立ち。茶色がかった髪はサイドに流していて、清潔感がある。

「こんにちは。初めてお目にかかります。私はローレンス社で秘書室室長をしております、柳多倫也《やなぎだみちなり》と申します。以後、お見知り置きを」

「あ……はい。こちらこそ、よろしくお願いします」

柳多に、やや垂れた目を細められると、その優しい表情につい気を緩ませる。

「準備はお済みですか？」

「え？　あ、大丈夫です！」

柳多は、にっこりと口角を上げる。

「それでは、行きましょう」

柳多の背中を追って、少し距離を置いて歩く。柳多の細身の背中を見て、忍は筋肉質でしっかりした体型だったな、と無意識に思い浮かべた。

停止している白のハイブリッド車に、鈴音は首を傾げる。以前、忍と会ったときは、黒い車だった。

「あの……黒瀧さんは？」

「本日、副社長は外せない会議がありますので、代わりにと命じられました」

「そ、そうなんですね」

てっきり忍が来るものだと思っていた。緊張が一気に解け、脱力する。

「よろしいですか？」

「はっ、はい。もちろんです。お付き合いくださり、ありがとうございます」

「では、どうぞこちらへ」

柳多は後部ドアを開けエスコートするが、恭しい対応に鈴音はどうも落ち着かない。

車に乗り込みづらくて、立ち止まったまま、おどおどと言う。

「あ、あの、そんなに気を使っていただかなくても……」

「副社長の奥様になられる方ですから」

「いや、それは……」

忍の妻となるから丁重に扱われているのだと気づくと、ますます申し訳なく思う。本当は事情があって妻になる予定というだけで、そんなふうに対応してもらう義理などないのだ、と説明したくなる。しかし、勝手な発言はご法度だ。

鈴音がしどろもどろになっていると、柳多はくすりと笑う。

「そうですよね。つい先日まで、こんなことになるとは思っていなかったでしょうから。扱われ方に戸惑って当然です」

鈴音は柳多の言葉の断片に、真実を知っているのでは……と疑念を抱く。以前、忍が『身辺調査を秘書にしてもらった』と言っていたことを、ふと思い出した。

柳多は鈴音のなにか言いたげな視線を受け、耳元に口を寄せる。

「そう。あなたの想像通り。俺はすべてわかっているし、ほかの人間は一切このことを知らないよ」

突然、柳多の口調が変わった。鈴音にとっては正直そのほうが気が楽だ。

「とりあえず乗って。今日は副社長に頼まれたことをしなければならないから」

鈴音は素性を知られていることがわかると、素直に後部座席へ乗り込んだ。

「大体、必要なものはこれで揃《そろ》ったかな?」

柳多はトランクに荷物を運んで言った。ずらりと並ぶショップバッグは、高価なブランド店のロゴだらけ。鈴音は後ろで唖然《あぜん》とする。

洋服はもちろん、カバンに靴、アクセサリー。それも、ひとつずつではない。何パターンかコーディネートできるくらいには購入したこともわかっている。

大企業の御曹司である忍にしたら、大したことではないのかもしれないが、鈴音にとっては普通ではない。柳多がトランクをバン！と閉め、鈴音に笑いかける。

「あとは、副社長が用意するだろうから」

「こ、これ以上、まだなにか……？」

度肝を抜かれた鈴音は、さらに瞳を大きくさせた。

「まあ、社長は副社長と違って、昔から派手なものが好きだからね」

「柳多さんは、黒瀧さんのお父様をよくご存じなんですね」

今日、服や小物を選ぶときに、柳多は悩むことなくセレクトしていた。鈴音に指摘されると、彼は眉を下げる。

「ほかの社員よりは顔を合わすことが多いかもしれないけれど、よく知っているかと聞かれたら、どうかな」

「私……全然知らないんです。彼からなにも聞いていないとか、そういうこと以前に、ローレンスの社長としての情報すらも」

鈴音は不安を抱えていた。結婚に当たっての条件はもちろん、忍のことすらわからない。あまりに知らなすぎると思い、ローレンス社のホームページを開いてもみた。

当然ながら、ホームページに社長の性格や好み、副社長の思惑など載っているわけもなく、わかったことといえば、会社の資本金や事業展開、経営ビジョン程度だ。その一般的な情報ですら鈴音にとっては縁遠く、ピンとこなかった。

足元を見つめ、合わせた両手に力を込める。

「そんな私で、本当にいいんでしょうか……」

柳多は手を顎に添え、黙り込んだ。不安げな眼差《まなざ》しを向ける鈴音に、今一度視線を合わせる。

「おそらくなにも知らないから、副社長は決断したんだろう。一番理想的な相手だと思って」

「理想……的？」

「欲深くなく余計な詮索もせず、深入りしてくることもなさそうな、あなただから」

ほんの一瞬、柳多の瞳の色が冷たく見え、鈴音は寸時ぞわりと背筋を震わせた。彼は温厚で聡明《そうめい》ではあるが、それが逆に建前のようにも思える。なんとなく、これ以上は踏み込んではいけない気がして、べつの話題を振った。

「あ、あの、ところで黒瀧さんは今度、三十四歳になるんですよね？　柳多さんはおいくつなんですか？」

「私は四十になるよ」

「えっ。ぜ、全然見えません」

衝撃だった。肌が綺麗で目立つ皺もなく、白髪だって見られない。体型も中年太りとは無縁そうで、それこそ忍の実年齢前後に見える。男性客の多いショップで働いている鈴音だが、忍や柳多のように容姿のレベルが高い客は、そうそういない。

「そう？　もういいおじさんだよ。今日も鈴音ちゃんといて、周りにどんなふうに見られているかヒヤヒヤした」

「そんな！　心配無用ですよ！　どこからどう見ても三十代前半です」

「まあ、独身だからかな。多少若くは見えるのかもね。幸い、私は副社長と違って、結婚しなくてもうるさく言われるような家じゃないし」

柳多は冗談交じりに言って笑った。鈴音も母親に見合いを勧められたり、しつこく結婚の予定を聞かれたりすることもない。本心では、結婚して落ち着くことを望んでいるとは思っている。だけど、母がそういうことを押しつけたりしないこともわかっていた。周りで許嫁《いいなずけ》だ、見合いだ、といった話もないし、ましてや政略結婚だなんて皆無だ。それが普通にありうる忍は、偽装結婚などと無茶を言うほど追い込まれているのだろう。

「社長が三十五のときに副社長が生まれたから、そこが基準になっていて。だから、三十四歳までに結婚して、三十五には子どもを希望してるんだよ」

「子ども⁉　きっ、聞いてません！」

契約結婚で、互いに恋愛感情もなにもない。ゆえに、そんなところまで考えは及ばなかった。鈴音は詳細を確認する前に今回の件を承諾したため、血相を変える。表情を強張らせる鈴音を、柳多は笑い飛ばした。

「ははっ。そうだったんだ。いや、心配しなくても、今の時代にさすがにそこまでしてもらおうだなんて思っていないさ」

忍の秘書で常識のありそうな柳多から聞くと、ほっとする。彼は丁寧に後部ドアを開き、美しい会釈をしたあと、「でも」と続ける。

「人前では、そうなる空気感は出さなきゃ……ですね」

「いえ、私にはそんなふうにしていただかなくても……」

「さあ。そろそろご自宅にお送りいたします」

鈴音は業務的な口調に戻った柳多を、困った顔で見上げる。渋々、婚約者扱いを受け入れて後部座席に乗り込むと、彼がドアを閉める直前に囁《ささや》いた。

「前日までには、副社長も時間を作られると思いますから。そのときに、いろいろと打ち合わせをされたらよろしいかと」

柳多の爽やかな笑顔とは裏腹に、鈴音はとても気が重くなった。彼は運転席に乗り込むなり、思い出したように鈴音を振り返る。

「ああ、そうだ。念のため、連絡先を交換しておくよう言われておりました。今後、なにかあれば遠慮なくご連絡ください」

鈴音はどこかまだ現実を感じられぬまま、携帯に柳多の番号を登録した。


翌日は木曜日。忍の父に紹介される日まで、あと二日。

気持ちが落ち着くはずもなく、寝ても覚めても土曜日のことで思考を埋めつくされる。更衣室で無意識に暗いため息をついていると、梨々花がやってきた。

「尋常じゃなく暗いんだけど！　もしや、例のストーカー？　なんかあったの？」

梨々花は眉間に皺を寄せ、険しい顔で尋ねる。鈴音は、そういえばそんなこともあったな、と山内の件が自分の中で薄れていることに驚いた。

「実は……なりゆきで結婚することに」

「はあ⁉　誰と！　まさかストーカーとじゃないよね⁉」

「当たり前じゃない！」

即答で否定し、周りに誰もいないことを確認してから、梨々花に耳打ちする。

「黒瀧さんと。彼、結婚を急ぐ事情があるとかで」

「は？　いや、全然意味わかんないし！」

梨々花は目を白黒させる。鈴音は、ばつが悪い顔で一連のことを説明した。梨々花は終始、納得できない表情を浮かべている。

「いや、向こうの理由はわかったけど、なんで鈴音なの？　私は見たことないけど、かなりのイケメンなんでしょ？　普通に彼女作って結婚しちゃえばいい話でしょ」

「うーん。彼女は……どう考えているのかわかんないけど。とりあえず私を選んだのは、恋愛や結婚に興味がないから、あと腐れがないっていう理由みたい」

「はー。なるほどね。大勢の女と遊びたいから、本心は結婚したくないってわけだ」

梨々花が腕を組み、さもわかったような顔でそう言った。鈴音はなんとなく違うと思ったものの、そうかといって明確な理由を説明することもできなくて口を噤んだ。

梨々花が着替え始めたのを眺め、ふと思い出す。

「そういえば、梨々花。最近、私の今までの恋愛話を勝手にしたでしょ」

「え？　なんのこと？」

　梨々花は上着に袖を通しながら、きょとんとして返す。とぼけているようにも思えなくて、様子を窺《うかが》うように続けた。

「柳多さんっていう、落ち着いた雰囲気で物腰の柔らかい男の人が、梨々花から話を聞いたんだと思うんだけど……」

「やなぎだ？　え、誰だろう」

　梨々花は顎に手を添え、「うーん」と唸《うな》るように考え、数秒後、弾かれたように顔を上げた。

「あっ。飲み屋で隣になった人かな。三十代くらいの。私、ちょっと酔ってて、近くに座る人たちと盛り上がっちゃって……ごめん」

　だんだんと尻窄みになる梨々花に、鈴音はため息で返す。

「盛り上がって人の話するとか……まあもういいけど、これから気をつけてよ」

「少し世間話とかして、変な人じゃなかったから、つい。だけど私、鈴音の名前は出してないはずだよ。あくまで『知り合いが』って濁して話した」

　梨々花の言い訳に呆れた目を向けつつも、柳多を思い出して『確かに勘もよさそうだったな』と納得する。

「鈴音、ごめんね。今の話って、もしかしてそれが原因？　だとしたら、私……」

「いや、違うよ。それが原因ってことではないし」

「でも」

「あー、じゃあ、今度なんかで返して。それでいいから」

涙目になって抱きついてくる梨々花の背中をポンポンと叩いて、受け止めた。そのとき、ロッカーに置きっぱなしの携帯が振動した。鈴音は梨々花から離れ、携帯を手に取る。新着メッセージを開き、ドキリとした。

「鈴音……？」

「あ、なんでもないよ。もう時間だ。先に行くね」

梨々花を置いて更衣室をあとにすると、エレベーターまでの道のりでメッセージを見る。

【今夜、何時に終わる？】

忍からの一文に、まるで恋人同士になった錯覚に陥った。けれどこれは義務であって、ある種、仕事のようなものだ。

鈴音は【八時には出られると思います】とだけ返し、携帯をビニールバッグにしまってエレベーターに乗り込んだ。

忍との待ち合わせは裏口だった。決して車を停めやすいところではない。もしかすると山内の件を考慮して、すぐに会える場所を指定してくれているのか、と自惚《うぬぼ》れた考えが浮かぶが、ぶんぶんと頭を横に振った。

以前、忍はここに来たとき、『効率がいいから』と答えた。今回も理由はそれだけで、他意はないはず。

そこに、艶やかなボディのスポーツカーが音を上げてやってきた。周りの視線を感じ、小走りで駆け寄って素早く助手席に乗った。

「時間ぴったりだな」

「黒瀧さんをお待たせするわけには……」

「いい心がけだ」

忍は鈴音がシートベルトに手を伸ばし、カチッとはめたところで車を発進させる。

「あの……。昨日なんですけど、なんだかものすごくたくさん買い物をして……。柳多さんは『大丈夫』とおっしゃっていましたが、気になってしまって」

昨日は柳多が会計を済ませる姿を何度も見たが、そのお金の出どころは忍だと容易に想像できた。与えられるばかりで、なにも返せていない自分の現状を申し訳なく思っていた。

「ああ。気にする必要はない。それは、俺の未来への投資みたいなものだ」

忍はハンドル操作をしながら、さらりと続ける。

「俺の未来は、きみに懸かっているようなものだからな」

一瞬見せた微笑みに、鈴音は見とれる余裕などなく、むしろ強張った。忍の未来が懸かった重責に不安が膨らみ、そわそわとして尋ねる。

「あの、今日はこれからどこへ……？」

「外や車じゃ落ち着いて話ができないから、俺の家に行く」

「えっ？　く、黒瀧さんの家……ですか？」

予想だにしない返答があって、狼狽える。忍が家に連れ込んで、なにかするとは思えない。けれど、柳多から聞いた子作りの話が急に浮かんで、ありえない方向に考えが及んだ。しどろもどろになる鈴音とは逆で、彼は変わらず冷静だ。

「鈴音の家より近いからな」

そう言って、車通りが少ない道に出ると、さらに深くアクセルを踏んだ。

約二十分後。車は都内のタワーマンションに到着した。鈴音は地下駐車場で降り、不安げな顔で忍のあとをついていく。彼が裏口にキーをかざすとドアが開いた。

中に一歩入るなり、綺麗に磨かれたタイルに驚く。顔を近づければ、鏡のように映し出せそうなほどだ。落ち着いた暖色の照明は、明らかに一般的なマンションとは違い、高級感で溢《あふ》れていた。

歩みを進め、ホテルのロビーのような広い空間に出る。そこにはコンシェルジュが立っていて、忍の姿を見るなり恭しく頭を下げた。奥にある上階専用のエレベーターに乗ると、忍は最上階である四十のボタンを押した。

マンションに着いて、まだ十分程度。鈴音は見るものすべてに驚かされている。

「こ、こんなすごいところ、初めて……」

「すぐ慣れるさ」

駐車場の車は、どれも高級車。二十四時間体制のコンシェルジュ。エレベーターまでキーを必要とするくらいの、厳しいセキュリティ対策。庶民暮らしの鈴音が、こんな仰々しいところにすぐ慣れるわけがない。

エレベーターが停まり、忍は広い廊下を歩いていく。一番奥の玄関前で足を止め、キーをかざしてドアを開けた。鈴音はドアの奥を見た瞬間、想像以上の光景に目を大きくする。玄関の広さが、鈴音の住むワンルームの部屋と同じくらい。玄関でこの広さならば、この先はいったいどんなことになっているのかと立ちつくす。

「なにをしてる？　早く入れ」

「えっ。あっ、お、お邪魔します」

慌てて靴を脱ぎ、忍のあとを追う。リビングに足を踏み入れると、大きな窓から夜景が一望できた。

広さは大体、三十畳はあるかといったところ。黒い革張りのソファや、ガラスのローテーブル、壁に設置された大きなテレビなど、まるでモデルルームだった。

「適当に座っていろ。すぐ戻る」

忍はそう言い残すなり、リビングから颯爽と出ていく。鈴音は高級そうなソファに腰を下ろすのがはばかられ、出入口近くの壁際にひっそりと立って、忍を待つ。

「鈴音？」

リビングに戻ってきた忍は、ソファに鈴音の姿が見当たらず、名前を呼んだ。部屋を見渡した際に、ドアのそばに立っている鈴音を見つけ、目を丸くする。

「そこでなにしてるんだ？　ソファがあるだろう」

「あ、いえ……。なんだか、恐れ多くて」

「はあ。本当に変わっているな、鈴音は」

ため息交じりの呆れ声が降ってきて、肩を窄める。やはり忍の妻を演じるなんて無理だと俯いた、そのとき。身体がふわりと宙に浮いた。

「きゃあっ！」

視界が一気に高くなる。忍に、ひょいと肩に担がれたのだ。彼は鈴音をソファに下ろし、鈴音の顔を覗き込んだ。

「ソファというものは、座るためにある。わかったか？」

忍の行動は、いつも鈴音の理性を崩す。鈴音は真っ赤な顔で、首を縦に振るのがやっと。忍が隣に腰を下ろすと、車内よりも距離が近くて、鈴音の動悸はいっそう速くなる。

「柳多の報告だと、大体のものは揃えたと聞いた。あとは、これだな」

忍が手にしているのは、ローレンスのショップバッグ。鈴音は彼に顎を捕らえられてすぐ、あの日のキスがよみがえり、心拍数が増した。

「目を閉じろ。試してみるから」

忍がアイシャドウを手に取ったのを見て、なにをされるか予想できた。言われる通りに瞼《まぶた》を落としたはいいが、キスの残像が頭から離れず、一向に落ち着かない。しんとしたリビングでは忍の息遣いまで感じられ、ますます緊張する。アイメイクをされている間も、心なしか彼に触れられている箇所が熱い。

「今度は、口を軽く開け」

囁くような忍の声は、やけに色っぽい。もう目は開けていいのだろうけれども、目の前に彼がいるのがわかっていて、開ける勇気は出なかった。

「もういいぞ」

忍の合図で、ゆっくり瞼を押し上げる。鈴音は、自分がどんなふうに変わったかを確認するすべがない。視点をどこに置いたらいいのかわからず、足元へと彷徨《さまよ》わせる。

「まあこんなものか」

ふいに放たれた忍のひとことが、胸に突き刺さる。その拍子に、ずっと抱えてきた感情が我慢できなくなり、とうとう切り出した。

「やっぱり、私なんかじゃ、あなたの役には立てないと思うんです」

忍の住む高級マンションを訪れ、場違いだと、ひしひしと感じた。忍に釣り合うような美人もいるはずだし、教養を持つ女性だってほかにいる。

「ほかの人間がなにを言っても構わない。俺は、きみがいいと決めた」

「……じゃあ、婚約だけして、あとは事実婚で……そう思わせるだけで十分なんじゃないんですか？　わざわざ本当に手続きまではしなくても」

「そんなのはすぐにバレるだろう。俺がいる会社は父も親族もいるんだ。総務に確認されたら一発だ」

今さら、戸籍に傷がつくことを気にしているわけではない。どうせ結婚願望などないし、結婚するかどうかもわからない戸籍に、価値は見いだしていない。ただ、婚姻届を提出となると、チェルヴィーノ社に報告しなければならない。結婚を知った上司や同僚からは、祝いの言葉をもらうだろう。鈴音は想像するだけで心が痛くなる。

忍は長い足を組み、品定めしているような視線を向けて言った。

「きみの戸籍はいくらだ？」

鈴音は思わず凝視した。金銭を要求しようだなんて考えは一切ない。心外だ。

「言い値を払えるかはわからないが、できる限り希望に沿うようにしてやる」

忍が重ねた言葉に呆気に取られ、もはや言葉が出てこない。十数秒、互いになにも言わず、視線を交錯させていた。

鈴音は忍の真剣な顔つきから、今の提案は決してバカにしているわけでも、ローレンスの副社長としての矜持《きょうじ》からでもないと思った。ただ純粋に、目的を達成させようと必死なだけかもしれない。

いのか。

しかし、なんでも持っているような彼が、ここまでしていったいなにを手に入れた

「なんでそこまで……」

「中途半端に引き受けられるのは困る。だから、きみ自身の生活を保証し、戸籍の使用料を払えば、それ相応の対価を求めても文句はないよな」

忍の回答は鈴音が求めるものとずれていて、すっきりしない。

「きみには金と安心を。こちらは、ローレンスの総指揮を執れる準備が整う期間まで、きみに妻として隣にいてもらう」

独裁的な物言いに眉を寄せた。そもそも、この契約結婚の話を初めて聞かされたときも強引だった。一瞬、忍の心に歩み寄ろうとしたが、再び心の距離が生まれる。

「準備が整う期間って……どのくらいなんですか」

「うちは九月末に定時株主総会がある。そこを目標にしていたから、二ヵ月くらいか。まったく、誕生月が十月以降なら、こんな小細工しなくてもよかったんだろうけど、頭が固くて古い親父でな」

「二ヵ月……」

「こちらの動きに勘づかれると、分が悪い。そういうわけで、それまで表向きは順調

に婚約話が進んでいるように見せたい。引っ越し業者も手配済みだ。週末はそのつもりで。詳しいことは、柳多に聞くといい」

二ヵ月が長いか短いか、今の鈴音には判断が難しい。さらに、もう一緒に暮らす現実を突きつけられ、途方に暮れた。目まぐるしい展開に、いろいろと思うことはある。だが、なにかを意見したところで、忍は受け入れてくれないのだろう。

「今使ったメイク用品は、そこに置いてある。親父に会う日はそれを使ってくれ。メイクの仕方は――」

「自分でどうにかします」

「……わかった。じゃあ、家まで送っていく」

本当に必要最小限の話のみで、用が終わればすぐに〝解散〟を言い渡される。それがやけに腹立たしくも感じ、『帰りはひとりでいい』と言いたかったが、ここがどこかもいまいちわからず、グッと言葉を呑《の》み込んだ。

鈴音は自宅に着くなり、畳んだままの布団に倒れ込む。忍との今後を考え、きつく瞼を閉じた。もう引き返せる雰囲気ではない。あとは、結婚生活が終わるその日まで、耐え忍ぶしかない。

重い気持ちでいると、携帯が鳴る。鈴音は手探りでバッグから携帯を取り出した。

『もしもし。俺だ。伝え忘れたが、婚姻届を提出するに当たって、戸籍謄本が必要だ。すぐに自分で取れないようだったら、親に申請してもらってくれ』

「……わかりました。では」

通話を終え、いよいよ逃げ出せない現状に、憂鬱になった。身体を起こし、気怠《けだる》い様子で洗面所に向かう。鏡越しに自分と視線がぶつかった途端、驚き、固まった。

「……全然、似合ってない」

真っ先に目がいくのは、真っ赤なリップ。アイシャドウは控えめなブラウン系だけれどラメが派手で、くっきり入れられたアイラインは鈴音のイメージからかけ離れていた。先ほど忍が『こんなものか』と漏らした気持ちがよくわかる。

明後日は、本当にこのメイクで行かなければならないのか。せめて、いつも通りの化粧で臨みたい。だが、忍がわざわざ用意したのだ。それなりの理由があるのだろう。

鈴音は自分の顔を直視できなくて、すぐさまメイク落としに手を伸ばした。

翌朝、鈴音は寝不足の状態で出勤準備をしていた。これからのことをいろいろと考えているうちに、寝つけなくなってしまったのだ。

　ふと、化粧品を並べている棚に目を向ける。そこに、昨日忍からもらったものが確かに存在していて、無意識に「はあ」とため息をつく。

　ここ数日、ずっと気が重い。忍のことに意識を奪われ、せっかくの晴天にも気がつかないくらいだ。

　鈴音は自宅を出てすぐ、母に電話をした。昨日、忍に言われたことを忠実に守り、戸籍謄本をお願いすると、当然不審がられる。

『どういうこと？　なにかあった？　大丈夫なの？』

「心配しないで。私……結婚したい人がいるの。今度、ちゃんと話しに行くから」

『結婚!?　そんな急な話……それはお父さんもいたほうがいいわね。今、仕事でアメリカに行っているから、月曜以降にしてくれるかしら』

「アメリカなんだ。わかった。お父さんが戻ってきた頃にまた連絡するね。じゃあ」

「今、義理のお父さんはアメリカにいるの？　教授は大変だね」

　電話を切るなり聞こえた声に、顔を勢いよく上げ、警戒態勢で相手を見た。目の前にいたのは柳多で、脱力する。

「やっ、柳多さん!?」

「驚かせてごめん。話もちょうど聞こえてしまって」

柳多は前回の別れ際とは違い、フランクな雰囲気で話をする。

「ところで、今日は仕事じゃないの？　駅はあっちでしょ？」

「あ、ちょっと銀行に寄ってから行こうかと」

「そっか。じゃあ、ちょうどよかったかな。副社長から預かってきたんだけど」

「え……？　なんですか？」

鈴音は小首を傾げ、柳多を見上げる。同時に、差し出された白い封筒に、なんだか嫌な予感がした。

おずおずと封筒を受け取る。柳多に目で伺いを立て、その場でそっと封筒の口を開けた。中身がちらっと見えた瞬間、声を上げる。

「ちょっ！　こ、これ、なに……！」

見えたのは札束だ。一瞬しか確認しなかったため、いったいいくら入っているのかはわからないが、百万円単位なのは確実。鈴音は柳多を凝視する。

「意外にしたたかだね。ちょっと驚いた」

柳多は軽く握った手を口元に添え、短く笑いを零《こぼ》した。鈴音は言葉の意味が、まったくわからない。

「まあ、確かにそれくらいはしてほしいところかな？　戸籍に傷がつくわけだしね」

そこまで聞いて、ようやくこれは昨夜の忍との会話で出た戸籍代だと理解する。

「勝手に決めつけないでください！」

まるで金の無心をしていると思われているようで、鈴音のプライドが許さなかった。激昂《げっこう》し、金を柳多の胸に突き返す。

「今回のことで、私は一円だって欲しいと思ったことはありません！　黒瀧さんが勝手に思い込んでいるだけです」

柳多は鋭い目できっぱりと言いきる鈴音を見て、意表を突かれた表情を浮かべる。

「黒瀧さんにお伝えください。私は金銭を要求することはありません。今後一切、こういうことは控えてください、と」

「……承知いたしました」

鈴音に真顔で伝言を頼まれ、柳多は美しいお辞儀をし、かしこまって答える。鈴音は柳多の旋毛《つむじ》を見つめた。

「じゃあ、私はこれで」

柳多を横切り、彼の姿が視界からなくなった、そのとき。

「――あの」

背中越しに呼び止められ、振り向いた。見ると柳多がとても真剣な顔つきをしていて、思わず息を呑む。

「ですが、副社長の厚意を、こんなふうに突き返す女性はこれまでいませんでした」

薄く開いた口から、鈴音を批判する文句が飛び出した。鈴音は顔をわずかに顰《しか》める。

「だから、なんですか？」

「きっと驚くことでしょう。彼も自尊心があると思いますので、このお話はここで、もう終わりにしていただいても？」

柳多の言いたいことは、要するに、鈴音の気持ちを考慮して戸籍代を用意した忍のプライドを守ってほしい、ということだ。

「私が善意を断れば黒瀧さんが不快になるから、この話題をもう出すなってことですか。わかりました。べつに私だって、こんな話、二度としたくないですから」

面倒なことは誰だって避けたい。ただでさえ、これから乗り越えねばならないことが多々あるのだ。序盤で長い時間揉《も》めるなど無駄だ。

「よかった。では、こちらは私がお預かりさせていただきますので、副社長のフォローはお任せください」

鈴音は、柔らかな笑顔を浮かべた柳多に見送られる。その場を去ったあと、一連の流れを思い返し、柳多の忍に対しての忠誠心や、忍への思いの大きさを実感した。

鈴音が一日の仕事を終え、更衣室を出る瞬間、狙ったように忍から電話がかかってきた。

「もしもし」

『鈴音？　明日迎えに行くから、いつもの場所で』

まるで本物の恋人のような会話に違和感を抱きつつ、「はい」とだけ答える。忍は用件さえ済めば、すぐに通話を終える。そう思っていたけれど、今日はさらに言葉を投げかけられた。

『今、どこ？』

鈴音は、不思議に思って首を捻る。

「え？　まだ職場で……これから帰るところですけど」

『ひとりで？』

「いえ……。今日は同じフロアで働いている友達が、途中まで一緒に」

『そう。じゃ、明日』

返答するなり、あっさり電話を切られ、ぽかんと携帯を見つめた。

明日の約束を確認するだけなら、メッセージのほうが早いし楽だ。そんなことは、無駄を嫌う忍が一番わかっているはず。

どうも腑に落ちなくて、電話の会話を思い返す。忍の『ひとりで?』という言葉が引っかかった。もしや契約通り、律義に身辺の心配をしてくれていたのでは……と衝撃を受ける。そこに、梨々花がやってきた。

「あ、鈴音! 待たせてごめん! 急いで着替えるから!」

鈴音は携帯から視線を戻し、笑顔を浮かべる。

「梨々花、お疲れ様。ううん、大丈夫。むしろごめんね」

「なーに言ってんの! 友達を守るのは当たり前でしょ! じゃ、そこで待ってて」

梨々花はすれ違いざまに勇ましい顔をして、鈴音の肩を叩く。彼女が更衣室へ入っていくのを見届け、ぽつりとつぶやく。

「……当たり前、か」

鈴音も昔は当たり前に誰かと付き合って、当たり前に結婚し、幸せになれるものだと思っていた。今ではそれが、とても難しいことなのだとわかった。同時に、まさか自分が〝当たり前〟から、さらに遠のいたところに身を投じるだなんて、思いもしない。その点、忍は当たり前に鈴音を守るのだろう。

――契約結婚に付き合わせている代償として。

鈴音は忍の覚悟を感じ、自分も明日の会食までには腹をくくらなければ、とプレッシャーを受け、大きく項垂れた。

あっという間に朝はやってくる。鈴音は新しいインクを入れた万年筆で、手帳に書き記していた予定を見る。【黒瀧さんのお父さんと会食】の文字を指で撫《な》で、きゅっと唇を結んだ。そして手帳を閉じ、慣れないヒールの高い靴に足を通した。


仕事を終え、更衣室を出たあと、あえて遠くの化粧室へ入る。鏡の前に立ってポーチを出した。中から取り出したのは、忍からもらったコスメ。

まるで、これから戦いにでも行くような心境だ。その証拠に、鏡の中の鈴音は強張った顔をしている。メイクを直し、鏡で確認するも、やはり似合っていないと思った。違和感のあるメイク顔を直視できなくて、そそくさと化粧室を出た。

足早に裏口へ向かって外に出ると、正面に忍の車が停止していた。鈴音は急いで駆け寄り、助手席を遠慮がちに開ける。

「すっ、すみません！　お待たせしてしまって」

ドアの隙間から謝ると、忍は無表情で「いいから乗れ」とだけ口にした。鈴音は言われるがまま乗り込む。珍しいことに忍はすぐ車を出さず、じっと鈴音を見つめた。

「えっ……」

突然、忍に顎を掬《すく》われ、困惑する。

「もう少し、ぼかしたほうがいい」

指先で瞼をそっと撫でられる。必然的に目を閉じざるを得ず、終始ドキドキしっぱなしだ。

「緊張してるか？」

「は、はい」

ふいうちで男性にメイクを直してもらって、緊張しない女性がいるだろうか。

そわそわと落ち着かない気持ちでいると、忍が言う。

「親父との食事なんて小一時間だ。どうせ一方的に親父の話を聞くだけ。いつまでも不安そうな顔をするな」

鈴音は『緊張』の理由を勘違いしていたことに気づき、顔がカッと熱くなる。おもむろに瞼から離れていった忍の指が、さらっと頬を撫でた。鈴音がびっくりして目を開けると、至近距離で見つめられている現状に、いっそう鼓動が速まった。

「すぐそばに俺がいる。手を伸ばせば届く距離に、な」

忍はそのあと、何事もなかったかのように、涼しい顔でフロントガラスを見る。動き出した車の中で、鈴音は膝の上の両手を握りしめた。

忍の言動にいつも動揺させられる。鈴音はただひたすら、冷静になる努力をした。


どうにか平常心に戻ったのは、約三十分後。ちょうど、とある駐車場に到着した。

「ここって……スノウ・カメリヤ？」

鈴音は車から降りるなり、ぽつりとつぶやく。

ホテルスノウ・カメリヤ。国内屈指の高級ホテルだ。雅びやかなデザインの建物。荘厳な石造りの出入口。照明や装飾は西洋風で、レトロでありながらシンプルなデザイン。まるで外国の景観だ。

「狼狽えるな。こんな場所、その辺のコンビニだと思えばいい」

「む、むむ無理です～……」

普通に歩くことさえ困難で、泣きそうな顔で小さく首を横に振る。テレビでしか見たことのない高級ホテルに足が竦んだ。

カメリヤといえば、日本の著名人はもちろん、海外セレブまで御用達《ごようたし》のホテル。鈴音にとっては、一生かかわることのない場所、と認識する別世界だ。

「じゃあ、ほら」

気後れする鈴音を見て、忍は鈴音の右手を取る。鈴音は彼の精悍な目に、不覚にもまた胸が高鳴る。

触れ合うのは初めてではない。それどころか、一度キスだってしている。だが、慣れなど存在しない。ひとつ言えるのは、忍に対しては嫌悪感を抱かないということ。ほかの男が相手なら迷わず手を離し、距離を取って歩くのだろう。

「なにも考えずついてこい。俺だけ見ていればいい」

忍は鈴音の手を、自分の左腕に置いた。出入口の大きなガラスに映るふたりは、誰もが羨むような仲のいい恋人同士に見える。

エレベーターで最上階へ向かい、もうすぐ到着する直前に忍が言った。

「ああそうだ。ここから先は、俺のことを名前で呼べよ」

鈴音は無言で、こくりと頷く。レストランに入ると、ウエイターが笑顔でやってきて、ふたりを席へ案内した。

店内で一番眺めのいい窓側の席には【Reserved】と書かれた、予約を示すプレートが置いてある。テーブルに椅子は三つ。そこで、鈴音がふと疑問に思った。

「あの、今日は、お父様だけですか？　お母様は……」

結婚の話を前提とした顔合わせのようなものだ。母親もいなければおかしい。

「来ない」

忍は表情を変えず、ひとことで済ます。鈴音は引っかかりを覚えたが、彼の雰囲気から余計な詮索はできなかった。数秒置いて、忍が言う。

「うちの父と母は、仕事関連のパーティーくらいでしか一緒に出かけない」

鈴音が目を丸くして忍を見たときに、「こちらでございます」とウエイターの声がした。振り返ると、甘いムスクの香りをまとった男が立っている。

「ああ、忍。お前も今、来たのか？」

「そう。少し前に」

鈴音は忍の父を前にして、緊張が一気に高まる。

忍の父・光吉《みつよし》は、還暦を過ぎているにもかかわらず、若々しい風貌だ。さらに大企業のトップだけあり、オーラを感じる。忍とはまた少し違う、威圧感。

鈴音は少々、畏怖に似た感覚を抱き、委縮する。圧倒されている鈴音に、先に席を立った忍は、そっと手を差し伸べた。

「彼女が俺の決めた女性。鈴音さんだ」

鈴音は頼り甲斐《がい》のある大きい手を取り、立ち上がる。深く頭を下げ、たどたどしく口を開いた。

「は、初めまして。山崎鈴音と申します」

喉が渇いて張りつくようだったが、どうにか挨拶できて、ほっとする。

「やあ。今日を楽しみにしていたよ。どうぞ座って」

光吉は席に落ち着くなり忍に目を向け、ニッと口角をつり上げる。

「忍が選ぶ相手のわりに、ずいぶん若い女性じゃないか。意外だな」

「実年齢は関係ない。彼女はすごくしっかりしているんだ」

鈴音は穏やかな笑みを浮かべているが、心臓は最高潮に騒がしい。今、なにか聞かれて答えようものならば、唇が震えそうだ。

ふと隣の席の忍を見る。不思議と安心し、肩の力が抜けた。

「なるほど。確かに、妻にする相手は堅実が一番。亭主の稼ぎで派手に遊び回るようなタイプにも見えないしな」

「親父!」

忍が一喝するように短く声を上げる。しかし光吉は悪びれる様子も見せず、優雅に足を組み、テーブルに肘をついた。鈴音の顔を品定めするように、じっと見る。

「ああ、すまない。嫁と恋人に求めるものは違うと言いたかっただけだ。その点、いい子そうじゃないか」

鈴音が落ち着かない気持ちでいると、料理が運ばれてきた。テーブルナプキンを慎重に手に取り、膝元に置く。この緊張感の中、慣れないマナーを守って食事をするミッションをやり遂げなければならない。

テーブルマナーを頭で整理しているところに、光吉が口を開く。

「鈴音さん、だったかな？　忍とは、どうやって出会ったんだい？」

「えっ」

予期せぬ質問に、頭が真っ白になる。

「彼女もまだ緊張しているんだ。そんな話、いきなり聞かれたら困るだろ。大体、これまで俺にそれほど興味を示すことなんかなかったのに、なんで急に……」

「忍が女性を紹介するなんて初めてのことだ。ふたりの話を楽しみにしていたんだぞ」

光吉はグラスを手にし、注がれたワインを軽く回して口に含んだ。忍は光吉の発言が予想外だったのか、珍しく目を泳がせ、言葉を詰まらせる。

「忍さんは、私が困っているときに現れて何度も助けてくれたんです。……運命を感じました」

鈴音の堂々とした発言に、忍は驚いた顔を向けた。

「それはまた、すごい美談だな。無駄を嫌う忍が何度も駆けつけるほど、鈴音さんに夢中だったわけだ」

「いえ……。きっと、私が危なっかしくて放っておけなかっただけだと思います。忍さんは、優しい方ですから」

鈴音はわずかに目を伏せ、口元を緩ませながら語る。

「ところで、鈴音さんのご両親は、なにをなさっているのかな？」

「両親、ですか……？」

今、危機を回避したばかりなのに、一難去ってまた一難。光吉の質問に、正直に答えるべきか躊躇《ちゅうちょ》する。すると、今度は忍が率先して話し出す。

「彼女のお父様は大学教授で、今、海外にいるよ。お母様も公務員として働いている」

鈴音は忍の口からスラスラと出た言葉に、愕然とする。

確かに母は保健師で地方公務員、義父は大学教授だ。しかし、義父は海外で働いているわけではない。たまたま今、学会のため海外に行っているだけ。

どうしてそれを、と思ったが、昨日の朝会った柳多が報告したのだと察する。巧妙な説明の仕方に、開いた口が塞がらない。

「それに、彼女はピオニー女子学園大学出身で、今はイタリアブランドのチェルヴィーノで働いている」

「ほう。あの有名なお嬢様学校を出て、働いているのか。それは感心だ」

さらに学歴を詐称され、ふと思う。おそらく、光吉のお眼鏡にかなう人物像にせざるを得なかったのだろう。それにしても、事前にそういう相談をしてほしかったが、大方、忍は反論されると踏んで、独断で決行したに違いないと想像する。

悶々《もんもん》としていると、光吉の携帯に着信があった。その場で話している雰囲気から、どうやら相手は親しい間柄のようだ。電話を切るなり、光吉がすっくと立つ。

「急用が入った。あとはふたりでゆっくりしていけ。支払いは済ませておく」

忍は「わかった」とひとこと返す。鈴音は慌てて立ち上がり、頭を下げた。

「あ、ありがとうございます」

光吉は足を止めて振り返り、鈴音の姿を見てひらめいた顔をする。

「ああ、そうだ。近々、西城戸《にしきど》グループのパーティーがあるだろう。お前も招待されているはずだ。そこに鈴音さんも同席させて、挨拶がてら顔を覚えてもらえ。明理《あかり》にも声をかけるつもりだし、問題ないだろう」

鈴音は人物の相関がわからず、心の中で首を傾げる。だが、自分が忍の婚約者だとお披露目される意味でパーティーに出席するということは理解した。

「ああ。そうしよう。な、鈴音」

「えっ……は、はい」

鈴音の不安な気持ちとは裏腹に、忍はふたつ返事でＯＫする。

「じゃあ。鈴音さん、次に会う日を楽しみにしてるよ」

光吉はニッと口の端を上げ、去っていった。光吉の姿が完全に見えなくなると、鈴音がぽつりと漏らす。

「私、お嬢様学校出身なんかじゃありませんし、義父も国内勤務ですけど。あれじゃあ、海外勤務のように聞こえます」

嫌味交じりに指摘しても、忍は焦ることも詫びることもせず、食事を始める。

「ああ言ったほうが、事がスムーズに進む。お父さんについては嘘は言っていない。どう解釈するかは向こう次第で、こちらに責任はない」

「でも、今、言われたパーティーに出席すれば、そう紹介されるんですよね？　関係のない人たちまで騙すのは気が進みません」

鈴音は涼しい顔でフォークを口に運ぶ忍に、鋭い目を向ける。契約結婚をしようとしているのに、今さら嘘のひとつやふたつ……と忍は思うのかもしれない。そうかといって、自ら嘘を肯定していくのは嫌だった。

忍は鈴音の実直な性格と、澄んだ瞳に目を奪われた。数秒後、静かに答える。

「わかった。学歴の話題はしないように取り計らう」

「よろしくお願いします」

意外にも忍がすんなりと気持ちを受け入れてくれて、拍子抜けする。そのあと、料理に手をつけるタイミングも掴めず、黙って座っていると柔らかい声が落ちてくる。

「鈴音」

鈴音は忍に色気を含む低音で名を呼ばれると、どうしてもドキッとする。

「はあ。機嫌直せよ。せっかくの料理もまずくなるだろう」

ただ、びっくりして返事ができなかっただけだが、忍がため息とともに言うものだから、ついむっとしてしまう。

「だったら私、先に帰りますから！」

やや感情的に言い放ち、すぐさま立ち上がろうとした。

先ほどからの鈴音の態度は、確かに素晴らしい景色と料理、サービスを受けられる高級レストランで見せるものではないかもしれない。しかし、普通の恋人が食事をしに来たのとは、わけが違う。鈴音も慣れない中、どうにかやり過ごしたのだ。

普段は履かないヒールの靴で、すんなりと席を立てなかった。すると、真っ先に忍が鈴音の手首を捕らえ、繋《つな》ぎ止める。

「鈴音は肉料理が好きだと以前、柳多に聞いた。メインはそれに合わせてオーダーしてある。俺の厚意を無駄にする気か？」

それを聞いて、鈴音はときめくどころか怪訝な顔で眉をひそめる。昨日の柳多とのやり取りを思い出し、やはり忍はプライドの高い男なのだと認識する。

「まさか、両親の仕事だけでなく、私の食べ物の嗜好《しこう》まで調べられていたなんて」

辟易《へきえき》にも似た思いで失笑する。

「初めはどうでもいい情報だとは思ったんだけどな。何度か鈴音と会って、やたら細い腕とか、担いだときのあまりの軽さが衝撃で。ちゃんと食ってるのか？」

「……ご心配なく。朝昼晩、欠かさず食べていますから」

つんとして冷たい返事をした鈴音だが、あろうことか、このタイミングでお腹から間抜けな音が出てしまった。

「お腹の虫は、誰かよりも正直だな」

醜態を晒《さら》し、さすがに鈴音も顔から火が出る思いだ。恥ずかしさのあまり、深く俯いた。忍はそんな鈴音の手を優しく握り直す。

「鈴音が食べなければ食材が無駄になる。機嫌を直して、一緒に食事をしよう」

鈴音が再び顔を上げると、忍は柔和な表情を浮かべていた。

食事を終え、ふたりは駐車場へ向かう。本当の婚約者ならこのあとはスイートルームに行って、夜のひとときをゆっくり過ごすのかもしれない。

鈴音が助手席に乗り、シートベルトに手を伸ばしたときに、右頬に大きな手を添えられる。ふいうちの接触に目を見開いた。

「少し、そのままで」

忍が真剣な顔つきで、鈴音の唇をメイク落としシートで拭《ぬぐ》った。なぜそんなものを男性が持っているのかと、一瞬不思議に思ったが、化粧品会社にいたら普通なのかもしれないと納得した。

口元をじっと見つめられると、まるでキスする手前のようで落ち着かない。忍とは、一度キスしているせいもあってなおさらだ。リップを拭ったあとは、瞼にも軽くシートを当て、忍が「よし」と言って鈴音の顔から手を離す。

「……あの。やっぱり、変だったんですよね？」

「鈴音に似合っていないことくらい、初めからわかっている」

自分でも同じことを思っていたはずなのに、忍に言われると複雑な心情になる。大体、似合わないと思っていたものを渡してきた意味がわからない。

なんにせよ、車に乗り込むなり、用意していたメイク落としシートでリップを落とされるとは、よほどおかしかったのだろう。今日着ている服もアクセサリーも、なにもかもが身の丈に合っておらず、浮いていたのかもしれない。

表情を曇らせ、徐々に俯いていく鈴音を、忍が阻止する。鈴音の顔を上向きにすると、彼はわずかに睫毛《まつげ》を伏せ、再び小さな唇に触れた。

鈴音は唇をスルッと滑っていく感触に、心地よさを感じる。微かなフローラルの香りに、思わず目を閉じた。

「鈴音には、こっちのほうが似合う」

ゆっくり瞼を押し上げる。目前には、口元に緩やかな弧を描く忍がいた。彼が差し出した手の下で、反射的に両手を皿にすると、すとんと手のひらに落ちてくる。

それは、黒地の本体にレーザー彫刻で花が描かれている、ローレンスのリップ。

左手に持ち替え、キャップをそっと外す。覗いて見えたのはベビーピンク色。

「さっきの色は完全に親父の趣味だ。もう使わなくてもいい」

忍は鈴音から顔をふいっと逸らし、ぶっきらぼうに言うと、シートベルトを装着してハンドルを握った。アクセルに右足を置き、踏み込もうとしたのを寸止めする。

「……運命、ね。あれはなかなか、いい返しだったな」

忍のひとことに動揺している間に、車は急発進する。鈴音は『あれは嘘も方便だ』と言おうとしたが、やめた。百パーセント嘘で口走ったのではなかったからだ。

恋に落ちる、という意味合いでの運命ではないけれど、出会ったふたりが互いに問題を抱えていて、助け合うことになった。ある種、運命と言ってもおかしくない。

だが、冷静になった今、あの場を乗りきるためとはいえ恥ずかしくなる。

鈴音は顔が赤くなっている気がして、さりげなく窓のほうを向いた。

「明日、前にも言ったけど、引っ越し業者に依頼してある。俺は立ち会えないが、柳多には言ってあるから」

忍は淡々として、鈴音を現実に引き戻す。実は、この期《ご》に及んで、実際に一緒に住むことはないのでは……と淡い期待を抱いていたのだ。

「わ、わかりました……」

致し方なく消え入るような声で返事をし、また憂鬱な気分を引きずる。となると、鈴音が自宅アパートへ帰るのは今夜が最後だ。

鈴音はまだ現実を受け止められず、車に揺られていた。

翌日の日曜日。午後一番に引っ越し業者がやってくると、あれよあれよという間に荷物が運び出され、部屋は昨日までの生活感が嘘のように消えてなくなった。

鈴音は忍のマンションでダンボールの片づけなどをして過ごし、あっという間に夜になる。夕食は疲れて作る気力がなかったため、コンビニで購入した。

そのあと、シャワーを借りて、寝る支度を整える。水を飲みにリビングに入ったときに、かけ時計を見た。時刻は午後十時。忍は日曜日なのに夜遅くまで仕事をしていて、まだ帰宅しない。

鈴音は、しんとしたリビングを見渡した。一度訪問はしたが、そのときですら立ち位置に悩んだのに、住むだなんて実感が湧かない。

そのとき、どこかで携帯の着信音が鳴り響く。静寂の中、突然聞こえた音に思わず声を漏らし、ドクドクと騒ぐ胸に手を当てた。

引っ越し作業中から、キッチンのカウンターに置いていた携帯を手に取る。無意識に着信は忍からだと思い込み、画面に視線を落とす。刹那、ぞわりと悪寒が走った。

そこには、忍の名前は表示されていない。代わりに、見覚えのない携帯の番号がある。まったく心当たりがない番号と、やけに長い着信に、応答するのを躊躇する。震える携帯を落とさぬようにするのが、やっとだ。留守番サービスに接続され、ようやく着信音が収まる。鈴音は恐る恐る携帯を操作し、耳に近づけた。

『鈴音ちゃん？　寝てるの？　お風呂かな？　あとでまたかけるね』

その声に、一瞬で血の気が引いた。電話の声でもすぐにわかる。山内の独特な口調に拒絶反応を起こし、尋常じゃないほど手が震えた。

「なんで」

番号を知られたルートはわからない。ただ驚愕し、頭の中がパニックになる。うまく動かせない指先で着信拒否の設定に手間取っている間に、ショートメッセージを次々と受信する。

【今日は会えなくて寂しかったよ】

【夜ご飯はなにを食べたのかな？】

メッセージを見たくないが、設定をするためには携帯と向き合わなければならない。精神的に追いつめられているところへ、背後から声が飛んできた。

「鈴音？　なにしてるんだ？」

「きゃあっ‼」

鈴音は携帯に気を取られていて、忍の帰宅に気がつかなかった。甲高い声を上げ、手にしていた携帯が床に滑り落ちる。忍は鈴音の真っ青な顔を見て、落ちた携帯を硬い表情で拾い上げた。その間にも、数件メッセージが届く。

「これ、いつから?」

「さ、さっき……電話が……。それから、今、何度も……」

肩を震わせ、消え入るような声で答える。本当は怖くて堪らない。震える指先をどうにか抑えて必死に平静を装うと、携帯に手を伸ばす。

「す、すみません。着信拒否の設定をしてから寝ますか、ら……っ」

忍は携帯を引っ込め、作り笑いを浮かべる鈴音の手首を掴んだ。吃驚《きっきょう》した鈴音は目を大きく見開き、忍を見上げる。

「ひとりが怖ければ、そう言え」

厳しい口調ではあった。だが、弱っている鈴音には、十分に安心させられる言葉だ。

「こ、このくらい、平気です」

本心ではない。本当は、ひとりでいると不安に押しつぶされそうだ。ぎゅっと手を握る。

忍は家族でも自分の友人でも恋人でもない。まして鈴音は、これまで感情に任せて人に甘えた記憶もない。誰かに寄りかかることを知ってしまったら、ひとりではなにもできなくなるかもしれない。それが、とても怖い。

忍は、力んだ鈴音の拳を解いて言った。

「手の汗がすごい。それなのに、尋常じゃないくらいに冷たい」

次の瞬間、鈴音は広い胸に抱き止められる。密着している頬に、忍の体温と鼓動が伝わる。

「気にしなくていい」

旋毛に落とされた忍の優しい声は、ゆっくりと心へ浸透していく。彼を見上げると、黒曜石のような濃色の瞳に捕らわれた。

「これも、契約内容に含まれているようなものだ」

鈴音は忍と視線を交わらせ、漠然と思う。

言葉は冷たい人だけれど、本質は優しい人なのかもしれない――と。

忍は無駄や面倒を嫌う人間だ。それは彼のこれまでの言動からわかるし、昨日会った光吉もそのようなことを口走っていた。だけど、道端で偶然出くわした鈴音を助け、今もなお支えてくれている。

ビジネス的な婚約。ただそれだけのはずなのに、なぜこんなに優しく抱きしめてくれるのか。山内のメッセージくらいは大きな実害ではない。面倒なら、見て見ぬふりだってできるはず。

結婚の対価として『守ってやる』とは言われたことを思い出す。その約束を守るためだけに、義務で抱き止められているのかと考えると、胸の中がざわついた。

「あ、あの……少し、落ち着きましたから。大丈夫です」

忍の腕からするりと抜け出し、携帯を取り返すと、会釈をして自室へ足を向けた。

部屋のドアを引いた直後、背後で言われる。

「荷物を全部運んで、これなのか？」

「ひゃっ」

思わず悲鳴を上げる。てっきりリビングに残っていると思っていた忍が後ろで唖然として言うから、驚いた。

「柳多から話は聞いていたが、想像以上だな」

鈴音の私物は、あまりにも少ない。四段のチェストがひとつと丸い座卓。小さなテレビボードに十四インチのテレビが載っていて、その隣に、布団が三つ折りにされていた。

十畳以上ある広い部屋に、荷物はたったそれだけだ。冷蔵庫などの大型電化製品は、すでに忍の家にあるから、と柳多が処分してしまった。

「ごちゃごちゃしているのは好まないが、ここまで殺風景だと、眠れるものも眠れないだろ」

「いえ。それはたぶん、部屋が広すぎてそう見えるだけのような……」

「今日はこっちに来い。近日中、この部屋にベッドくらいは入れてやる」

「えっ」

忍は踵《きびす》を返し、淡々と言う。鈴音はベッドを購入する話にも狼狽えたが、それよりも、初めに言われた言葉に困惑する。

「あ、あの、それってまさか、黒瀧さんのお部屋ってことですか？　そんなこと、できませ――」

「あのなあ」

ぴたりと足を止めた忍は、目を細めて泰然たる態度で答える。

「自分じゃ気づいてないいんだろうけど、顔色がまだ悪いんだよ。放っておいて寝たところで夢見が悪いだろ」

「で……でも」

ふいに、柳多から聞いた跡継ぎの話が鈴音の脳裏を過る。鈴音はそわそわとして、目を泳がせた。忍は眉を上げ、ひとつ息を吐いて、軽く首を横に振る。

「警戒しすぎだ。きみをどうこうしようだなんて考えていない。恋人でもなく、しかも弱っている女を襲うような分別のない男だと思われるのは、心外だな」

出会って間もないのに、彼の言うことは信じられる。今まで出会ってきた男たちが同じことを言ったとしても、こうも簡単に信用することはできなかっただろう。

それは、単に忍の肩書きがいいからではなく、表裏のない忍の素直な性格が、自然にそう思わせる。

「契約は〝結婚すること〟で、多少周りにそれらしく見えるよう振る舞ってもらえれば、それ以上のことは求めていない」

鈴音は忍の言葉が、すっと胸に落ち、自然とつま先が彼へと向く。そのあとは、引き寄せられるように忍の背中を追っていた。

鈴音の部屋の斜向《はす》かいが、忍の主寝室だ。鈴音の部屋より広い空間に、キングサイズのベッドが置いてある。スーツの上着を脱いだ忍は、ベッド脇に腰を下ろすと、鈴音に向かって手を伸ばした。

「携帯貸して」

「え？　は、はい」

鈴音が自分の携帯を渡すと、忍はおもむろに携帯を弄《いじ》り出す。二、三分後、ベッドの上にポンと軽く放った。

「ほら。拒否設定しておいたぞ。これで数日は大丈夫だろう。まあ、次の休日には番号を変えたほうがいいだろうな」

「あ……。ありがとうございます」

すらっとした足を組み、膝の上で頬杖をつくと「ふっ」と短く笑った。

「近いうち、名義変更もあって手間だろうけどな。そのくらいは我慢しろよ」

まだ籍を入れる予定は立っていないが、引っ越しもしたし、手続きの山が待っている。しばらく忙しくなりそうだな、などと考えられるくらいには、鈴音もこの奇怪な現状を受け入れていた。

忍はふいっと顔を逸らし、タブレットを手に取った。

「俺はまだやることがあるから、先に休め。このベッドなら一日くらいふたりで寝られるだろ」

「すみません」

キングサイズのベッドとはいえ、隣に忍が寝るのかと思うと、鈴音は緊張する。だが、山内のメッセージにひとりで怯《おび》えなくていい。どちらがいいかと問われれば、やはり忍とひとつのベッドで眠るほうを選ぶ。

すぐそばで仕事をする忍に背を向け、そっと身体を横たえた。ふたりの間に距離はある。なのに、鈴音には背中越しに彼の体温が伝わってくる錯覚がする。隣に誰かがいてくれる安心感が、そう思わせるのかもしれない。

鈴音の瞼は、うとうとと重みを増していく。意識が遠のく中で、日課である日記を書き忘れていることを思い出す。だが、睡魔に思考を引きずられ、『明日書こう』と思ったのを最後に、意識を手放した。

翌朝は安穏とした目覚めだった。鈴音が穏やかな気持ちでゆっくり視界を広げていくと、見慣れぬ景色に目をぱちくりさせる。

頭の中で昨夜のことを整理し、ここが誰の部屋なのかを思い返すと、自分の体勢に驚いて、勢いよく自分の手を引いた。昨夜、距離を取って寝ていたはずなのに、忍に抱きつくようにして眠っていたのだ。

まだ腕や身体に忍の感触が残っている。幸い寝ている彼を横目に、深呼吸をして動揺を落ち着かせた。

そろりとベッドを抜け出し、自室で着替えを済ませる。元々メイクに時間をかけないため、身なりを整えるのに三十分もかからなかった。そのあと、キッチンへ向かう。

引っ越し直前まで残っていた食材は、忍の冷蔵庫に移していた。鈴音は自分が使用していたものの二倍近くある大きな冷蔵庫を、そっと開ける。

広々とした庫内には、鈴音が買っていた食材が悠々と並ぶ。忍は自炊をしない。鈴音が昨日見たときも、中には水や酒くらいしか入っていなかった。

勝手がわからないながら、どうにか自分の調理用具を使って朝食を用意する。コーヒーが落ちたところに、忍が姿を現した。

「起きるの早いな」

「おはようございます。あの……昨日は、ありがとうございました。コーヒーがちょうど入りましたけど、召し上がりますか？」

Tシャツにスウェットの寝起き姿でも、思わず目線に困ってしまうほどカッコイイ。

鈴音はどぎまぎしつつ、ごまかすように手元を見て尋ねた。

「じゃあ、頼む」

「ブラックでいいですか？」

「ああ」

忍はそう答えると、ソファに腰を下ろす。長い足を組んで、寝室から持ってきたタブレットを操作し始めたところに、鈴音がコーヒーを差し出す。

「黒瀧さんは……」

忍はタブレットから視線を上げた。

「もう、今後『黒瀧さん』と呼ぶな。慣れるためにも、普段から名前で呼べ」

内容は納得のいくものではあるが、そうかといってすぐに呼び名を変えられるほど、鈴音は器用ではない。かなり間を置いて、ようやく小さな声で話し出す。

「し……忍さんも、朝食はいかがですか？　もしよければ用意できますけれど」

おずおずと聞いてみたものの、内心ではどうせ断られるのだろうと思っていた。見せかけの結婚だ。同じ家に住むとはいえ、家庭内別居のような生活になるだろうと想像する。

鈴音はそれでもよかった。昨夜が特別だっただけで、あとは互いに干渉しなければ、きっと自分の生活も大きく変わることはない。

「鈴音は？　もう食べたのか？」

「え？　あ、いえ……これからですけど」

即座に拒否されると覚悟していたのに、拍子抜けだ。鈴音が目を白黒させていると、忍はさらに驚くことを言った。

「じゃあ、一緒に」

言葉を失う鈴音を見て、首を傾げる。

「なんだ？」

「いえ……。てっきり、断られるとばかり」

ついうっかり本音を漏らしてしまった。忍はソファから立ち上がり、答える。

「自分では面倒だから用意しない。でも、鈴音が作ってくれるならもらう」

そしてコーヒーとタブレットを手にし、今度はダイニングテーブルに着いた。鈴音は茫然としていたが、はっとしてキッチンへ戻る。食事を用意しながら、対面キッチン越しに忍の横顔を盗み見た。

もっと息が詰まるような生活になると思っていた。しかし、忍に朝食を受け入れられ、一緒に食事をとることになった。

「お待たせしました」

「ありがとう」

礼を言われ、くすぐったい気持ちで忍の向かいに腰をかける。

食事中は、ほんの少し会話する程度。それは、まるで本当に、ともに暮らし始めたばかりの新婚のようにすら思えた。

結婚生活

あれから数日が経った。鈴音は入籍予定について言及できぬまま、とりあえず住民票のみを移し、携帯電話の番号を変えた。今のところ山内からの接触はない。

忍のベッドで眠ったのはあの日だけで、翌日からは自室の布団で休んでいた。カーテンを開け、いまだに慣れない高層階からの景色を見て、朝日を浴びる。

組んだ両手を真上に伸ばし、「ふう」と深く息を吐いた。それから着替えを済ませ、キッチンへ向かう。

まず先にコーヒーを淹《い》れる用意をし、朝食と弁当の準備に取りかかった。キッチンの中だけは唯一、使い勝手など慣れてきた。

食器棚からカップを二客用意し、フライパンが温まったのを確認して卵液を流し入れた。丁寧に卵を巻いているところに、忍が現れる。

「おはようございます」

「おはよう」

鈴音はフライパンの火を弱め、コーヒーメーカーへ手を伸ばした。計算されたようにちょうど落ちたコーヒーを、カップに注ぐ。

「どうぞ」

忍は毎朝、日課のようにタブレットを手にしている。ディスプレイに視線を落としたままではあるが、コーヒーを淹れた鈴音に「ありがとう」と口にした。鈴音はキッチンに戻り、卵焼きを黙々と切り分ける。頭の中で忍のことを考えながら。

ここに越してきた翌朝、忍は朝食を受け入れた。鈴音は、一緒に食事をするのはその日だけで、今後は継続されないだろうと思っていた。

それが二日目、三日目と日を重ねていっても変わることはなく、今日も忍は鈴音の淹れたコーヒーを、当たり前のように口に運んだ。

もっとドライな関係になるものだと思っていた。そんな想像を裏切られ、朝から顔を合わせればきちんと挨拶を交わし、食事をするのが習慣になりつつある。意外な結果だが、存在を無視されるような生活よりは格段にいい。

「朝食、用意できました」

「わかった」

忍は返事をしてすぐ、ダイニングテーブルへ移動する。鈴音は彼が席に着いたのを見届けてから、自分の椅子を引いた。行儀よく手を合わせ「いただきます」とつぶやく忍を、ちらりと見る。

一緒に暮らして数日。忍を少しずつ知る。大抵は夜九時頃までに帰宅するものの、家でも仕事をし、日付が変わる頃に休んでいるようだ。

それから朝はほぼ決まった時間に起きてきて、こうして食事をするときには鈴音が座るのを待ち、きちんと挨拶をしてから箸をつける。

これまでの忍は強引な印象が強かったせいもあり、鈴音は彼を身勝手で傲慢な男と思い込んでいた。だが、普段の生活からそうは感じられず、拍子抜けすることばかり。

味噌汁に口をつける忍を見つめ、会社ではどんな感じなのだろうか、と疑問が湧く。

そのとき、ふいに彼が鈴音を見た。

「鈴音。今日、予定通り迎えに行く。六時過ぎでいいんだよな？」

「え？　はっ、はい」

怜悧《れいり》に光る瞳を急に向けられ、鈴音は背筋を伸ばす。

「悪いが、今日は残業を頼まれても断れよ」

「わかっています」

忍は形のいい唇に微笑を浮かべ、ぽつりと言った。

「そうだよな。こっちもある意味ビジネスだし」

食事を終えて立った忍を見上げ、ぽかんとする。直後、言葉の意味を理解した。

忍は、鈴音があの日柳多からお金を受け取ったと思っている。だから皮肉めいた言い方をしたのだろう。

「じゃ。俺は先に出る」

忍の広い背中を微妙な気持ちで見つめる。リビングから出る前に、彼が「ああ」となにか思い出したように足を止めた。鈴音は顔をぱっと元に戻し、食事を続けていたふりをする。

「ごちそうさま。行ってくる。鈴音も気をつけて行けよ」

忍がリビングのドアを閉め、去っていったのを確信してから、ぼそっとつぶやく。

「……ビジネスだって言うなら、気遣いなんてしなくていいのに」

鈴音がキッチンを覗くと、今日も綺麗に平らげた忍の食器が並んでいた。


開店前の売り場で髪を束ねているところに、足音が近づいてくる。振り返った先にいたのは佐々原だ。

「おはようございます。今日は無理を言ってシフトを変更していただき、すみません」

「ううん。気にしなくてもいいよ。急用なんでしょ?」

「はい……。本当、急で……」

鈴音は作り笑いで言葉を濁す。

今日は、以前に光吉が話していたパーティーの日。話の流れで鈴音も出席することになったため、すぐに佐々原にシフト調整をお願いしていた。

鈴音はパーティーとしか聞いておらず、詳細を一切知らない。忍は相変わらず『心配いらない』と言っていたが、友人の結婚式にさえ出席したことがない鈴音は、雰囲気すら想像できずに悶々と過ごしていた。なにか無作法なことをして、忍の足を引っ張るのではないかと気が気でない。

「山崎さん、最近なにかあった？」

「えっ」

佐々原に驚いた目を向け、言葉を詰まらせる。

「だって、最近なにか考えごとばかりしているし、そうかと思えばそわそわしていたり……。引っ越しや、携帯番号が変わったのだって、急な気がしていたんだ。もしかして、誰かに付きまとわれていたりとか？」

佐々原の鋭い指摘にドキリとする。動揺を顔に出さないようにするのが精いっぱいで、うまくごまかすことができない。

「前にちょっと不審そうな山崎さん宛ての電話があったし、もしそうなら、すぐ対処するように——」

「ち、違うんです！　その……けっ、結婚が決まって！」

佐々原の勘がよすぎて、勢い余って告白してしまった。

「えっ。結婚……？」

目を剥く佐々原に良心を痛めるも、話を続ける。

「そう、なんです。それで引っ越ししたり。今日も、ちょっと相手側の親族関係とのことで、どうしても都合をつけなくちゃいけなくて。番号は単にどこからか漏れたのか、セールスがうるさくて」

「そ、そうだったの？　それは……おめでとう」

佐々原は祝福するが、まだ戸惑っているようだ。鈴音にはこれまで彼氏がいる雰囲気さえもなく、事実いなかったのだ。佐々原が驚くのはもっともだ。

鈴音は良心の呵責《かしゃく》を感じ、苦しい思いで佐々原と再び目を合わせる。

「ありがとうございます」

しかし、鈴音はもう、嘘をつき通すしかなかった。

ついこの間訪れたホテルスノウ・カメリヤに、鈴音は再び足を踏み入れていた。

Aラインのストラップレスネックのシフォンドレスをまとい、ふかふかな絨毯《じゅうたん》にヒールを沈ませる。足首まである裾をふわりと波立たせ、忍に向き合うなり言われる。

「似合っているよ。どこかの令嬢って言っても、十分に通用するな」

鮮やかなロイヤルブルーのドレスと、白く美しいビーズのベルト。レースのようなデザインのネックレスはスワロフスキー。細長いドロップ型のイヤリングもペアになっていて、光を集めて輝いている。

それらの衣装は、今回も忍が用意した。メイクも同様。最後の仕上げは、前回とはべつの色の華やかなコーラルリップを彼が塗った。

「それはドレスやアクセサリーの効果です」

鈴音の返しに、忍は得意げに短い笑いを零し、会場の出入口へとゆっくり歩く。

「まあ、すぐにわかる。今日は前回と比べると長丁場だ。頑張れよ」

忍がそう言って差し出した腕に、鈴音はそっと手を添えた。

「困ったときは、とりあえず笑ってやり過ごせ。俺が助けるから心配するな」

不覚にも、ドキッと胸が高鳴った。忍のセリフは、いつも鈴音を勘違いさせる。

「今日は西城戸株式会社の創立五十周年と、新商品お披露目会だ。〝MILKY《ミルキィ》〟って業務用ヘア化粧品がこの会社の顔。聞いたことあるだろ」

「あ。美容院でよく見る商品ですよね。この間、ネットで調べて知りました」

多くの美容院で見かけるヘアケア商品。それだけ美容業界に浸透している大企業ならば、来客の数や質はすごいのだろう、と鈴音は数日前から尻込みしていた。

「そう。祖父と向こうの会長が古くから交流があって、うちの取引会社でもある。で、美容関係の会社のやつらが集まってるパーティーだが、鈴音は見劣りするどころか、みんなの目に留まるはず」

「は……？」

「楽しみだな。そろそろ入るぞ」

鈴音がぽかんとしていると、忍は口元を緩ませ、一歩踏み出す。

「鈴音は俺が選んだ女だ。自信を持って、堂々としていろ」

会場に入るや否や、瞬《またた》く間に忍へと人が集まる。鈴音は、彼がこの業界では有名で目立つ人間なのだと目の当たりにした。

「ああ、黒瀧副社長！　先日はお世話になって……ん？　こちらの方は？」

一番に声をかけてきた中年の男性が、きょとんとして鈴音を見る。辺りに集まってきていた人たちも同様で、鈴音は大勢に注目されていた。

今しがた、忍が『みんなの目に留まる』と言っていた理由はこれか、と理解する。忍の陰でいた堪れなくなっていると、ふいに肩を抱かれた。

「ああ。紹介します。私の特別な女性です」

忍の答えに周りが、わっと賑《にぎ》わう。

「と、おっしゃいますと……ご婚約とか？」

「まあ、正式にはこれからになりますが」

鈴音は好奇の目に負け、視線を落とした。順番も関係なく、次々に質問を飛ばされる光景は、テレビのインタビューでもされている感覚だ。忍は一向に落ち着く気配のない人たちに、ひと声かける。

「あ、すみません。ちょっと失礼」

会釈をして輪から外れると、鈴音を連れて会場内を歩いていく。数メートル行ったところで、忍が突然足を止めた。そこには清楚《せいそ》な若い女性が立っている。

上品にまとめられた艶やかな黒髪と、陶器のような白い肌。顔立ちはまだ幼さが残っているようにも見えるが、雰囲気は堂々としていた。

「明理。ひとりか？　母さんは？」

忍が口にした名は、聞き覚えがある。明理と呼ばれた女性は、つぶらな瞳をふたりに向けるなり、満面の笑みを零した。

「あ、兄さん。久しぶりね。お母様はヘアセットに時間がかかってるみたいなの」

鈴音は、忍に妹がいたことに驚いた。

「あの人は身なりをかなり気にする人だからな……」

「私はそういうところ、嫌いじゃないんだけどね。お父様はやっぱり待ちきれないようだけど」

忍が家族と仲睦まじく話をするのが意外で思わず注視していると、明理がくすりと笑った。

「こんばんは。黒瀧明理と申します」

「こ、こんばんは。山崎鈴音です」

愛嬌《あいきょう》のある笑顔は、忍に感じるような緊張もなく、穏やかな空気をまとっていた。

明理は柔らかく目を細め、鈴音を見る。

「お話は父から伺いました。兄をよろしくお願いします」

「えっ。あっ、いや……はい」

忍の妹に仰々しくお辞儀をされ、鈴音は困惑する。

「ふふ。あ、ごめんなさい。正直、兄のお相手は、もっと違うタイプを覚悟していたものです。意外な雰囲気の方で、ちょっと驚きました」

明理はうれしそうに話すが、鈴音はなにも答えられなかった。それでも不審な顔もせず、明理は花が咲いたような可愛らしい笑顔を鈴音に向ける。

「どうか、これから私とも仲良くしてくださいね。お義姉《ねえ》さん」

「おっ、おねえ……」

慣れない呼び名にどぎまぎとした瞬間、会場の照明がふっと消える。

「皆様。本日は、我が西城戸グループ創立記念パーティーにお越しくださり、誠にありがとうございます」

スピーカーから挨拶が聞こえると、金屏風《きんびょうぶ》の前にスポットライトが当てられる。

つらつらと形式通りの挨拶を続けている中で、鈴音はステージ脇に立つ、ひと際派手な女性に目が留まった。深紅のミニ丈のドレスに、豪華なアクセサリー。ライトが当たっていないのに、代表の西城戸よりも目立つ。

「行くぞ、鈴音」

忍は挨拶を終えた西城戸の元へ行き、声をかける。光吉と同じくらいの年の西城戸は、恰幅《かっぷく》がよく、人当たりがよさそうな男性だ。

「西城戸社長。このたびは、おめでとうございます」

「おお、忍くん。来てくれたんだね、ありがとう。おや？　そちらの女性は……」

忍は優しく目を伏せ、鈴音に手を添えた。

「ええ。私がどうしても本日、彼女と一緒に西城戸社長にご挨拶したくて」

鈴音は正直、目の前の西城戸よりも、背中にある忍の手のほうが緊張する。背筋を伸ばし、ぎこちなく頭を下げた。

「や、山崎鈴音と申します」

西城戸はずんぐりした手を顎に添え、鈴音をまじまじと見ては眉を下げて笑う。

「ほう。忍くんも、いよいよ決めたか。おめでとう。清楚なお嬢さんじゃないか。いやあ、しかしこれは、しばらく星羅《せいら》が荒れそうだな」

鈴音は話が見えず、笑顔を浮かべるだけ。そこで、西城戸はほかの来客に声をかけられ、忍の腕をポンと触った。

「すまない。ゆっくりしていってくれ」

「ありがとうございます。今後とも、よろしくお願いいたします」

忍が一礼をしたのを見て、素早く鈴音も倣って頭を下げた。

「あ、ちょっと悪い」

忍は鈴音にひと声かけてすぐ、明理とともに、またべつの年配女性に挨拶をしていた。鈴音は彼が隣にいなくなった途端、不安になった。気配を消すように壁際へ移動し、無意識にため息を零す。

「ごきげんよう」

突然、声をかけられ、弾かれたように顔を上げる。話しかけてきたのは、先ほどステージ上にいた深紅のドレスの女性だ。

「そのドレス、とても素敵ね。私もブルーにすればよかったかしら。ところであなた、忍さんと一緒に来たのかしら？」

「あ……はい。山崎鈴音と申します」

女性は鈴音に鋭い目つきを向ける。

「私、西城戸星羅。今、挨拶していたのが父なの」

「このたびは、おめでとうございます」

鈴音は、やはり星羅は西城戸の令嬢なのだと再確認し、丁重に挨拶をする。そんな鈴音を、星羅は品定めするように、じろじろと見る。

「それより、あなたは忍さんとどういうご関係？　妹さんは確かおひとりだけのはず」

「あの……私は彼と婚約していて……」

「婚約⁉　まさか！　冗談でしょ？」

「本当です」

大きく動揺した星羅は、怖い顔で刺々《とげとげ》しく尋ねる。

「信じられないわ。もしかして政略結婚？　あなたのお父様は、なにをなさっている方なの⁉」

必死の形相で詰め寄る星羅に、鈴音はたじろぐ。同時に、西城戸が『星羅が荒れそうだな』と言っていた意味を理解した。星羅は明らかに忍に好意を寄せていて、鈴音に敵対心を向けている。それがわかると余計に慎重になり、言い淀む。

「それは、その……」

いつもならば、堂々と本当のことを言う。だが、忍と間柄のよくわからない相手に、下手《へた》な発言は控えたほうがいいか、と口を噤んだ。

「はっきりしない人ね！　なんで忍さんはあなたを選んだのかしら？　この程度のパーティーでおどおどしていたら、この先が思いやられるわ。今のうちに考え直したほうがいいんじゃないかしら？　正直言って、彼に不釣り合いだわ」

星羅は黙り込む鈴音に向かって、勝ち誇ったようにくすっと笑った。

「今日、ちやほやされて勘違いしているのだろうけど、それは〝ローレンス社の黒瀧〟という名前のおかげなのよ。あなたの価値じゃない」

嫉妬、羨望、優越、焦燥――。いろいろな感情が入り乱れている星羅の瞳は、鈴音が目を逸らしたくなるものだった。

しかし、ここで俯いてはいけない。鈴音は直感すると、星羅と向き合った。

「そうです。今日の私の魅力は彼が引き出してくれたんです。ドレスもジュエリーも、リップも忍さんがすべて用意してくださって。彼は優れた商品を作ったり、シーンに合ったものを的確に選んだりできますから」

これまで言われるがままだった鈴音が気丈に話すと、星羅は驚いて固まった。

「忍さんは素晴らしい方です。仕事熱心で、とても優しい。仕事に情熱を持つ忍さんをお慕いしています。彼の魅力を〝ローレンス社の黒瀧だから〟という言葉で片づけられるなんて。そんな侮辱は、私が許しません」

今の鈴音は、本当の忍は堅実で慈悲の心を持つ人間だと思っている。

毅然とした態度で言い放つと、星羅はたじろぎつつ反論する。

「せいぜい忍さんの優しさに甘えて、彼の足を引っ張らないようになさることね。気が強いのは結構ですけれど、それでは男性を立てて支えていくのは難しそうね」

嫌味を言われても、鈴音は怯むことなく星羅を見据えた。

「いえ。忍さんは、私のこの性格を気に入っていると言ってくださっているので、ご心配には及びません。けれど、甘えているのも事実だと気づかせていただきました」

そして、にっこりと微笑む。

「今後、彼を支えるべく、いっそう心がけて参りますね。ご助言、ありがたく頂戴いたします」

星羅は鈴音のたおやかな礼を見るや否や、ふんと鼻を鳴らして去っていった。鈴音がほっと胸を撫で下ろすと、近くにいた人たちがふたりの応酬に注目していて、ざわめき出す。

「西城戸の令嬢が黙ったぞ。あの子はどこのご令嬢だ？」

「我が副社長を射止めた方ですよ」

外野のざわめきに答えたのは、柳多だ。

「やっ、柳多さん!?」

鈴音は会場に柳多がいることにも、柳多の発言にも驚かされる。

「黒瀧副社長の！　そうでしたか。透明感があってどこか凛々しい雰囲気は、ローレンス社のモデルにもいいのではないですか？」

「私もそう思うことがありますが、モデルにするにはもったいなくて」

それに答えたのは、いつの間にか鈴音のそばに戻ってきていた忍だ。絶句する鈴音は腰を引き寄せられ、瞬く間に、こめかみにキスを落とされる。

「私自身、これまで気づかなかったのですが、どうやら独占欲が強いみたいで」

涼しい顔で言う忍を横目で見て、華やかな場では、この程度のパフォーマンスは大したことではないものなのか、と驚く。羞恥心のあまり、堪らず柳多に話しかけた。

「や、柳多さんまでいらっしゃるとは知りませんでした。教えてくださったらよかったのに」

「すみません。今日は社長の付き添いだったもので。正確には社長夫人の、ですが」

「えっ？　社長夫人って……忍さんのお母様？」

鈴音は豪華なパーティーや星羅に気を取られ、すっかり忘れていた。会場をキョロキョロと見回していると、柳多が目を白黒とさせているのに気づく。

「柳多さん？」

「あ、失礼。そうです。副社長のお母様です。それより、『忍さん』と呼ばれているんですね。あまりに自然で聞き逃すところでした」

「ち、違います！　今日はそう呼ぶように言われたので」

まるで忍との仲が深まったと捉えられたようで、すぐに否定した。

柳多は忍と鈴音を交互に見やって、くすくすと笑う。

「聡《さと》い人ですね。あなたを選んだ副社長の見る目はさすがだな」

「柳多、喋《しゃべ》りすぎだ」

忍が低い声で制すも、柳多は静かに微笑んだ。

「そういう副社長も、今日のパーティーは饒舌のようですね」

「倫也さん。そちらの方が、忍がお付き合いしている方ね」

そこに、優美に笑みを浮かべた淑女が声をかけてきた。

「桜子《さくらこ》様。はい、さようでございます。こちらが山崎鈴音さんです」

鈴音は柳多が『桜子様』と呼んだ彼女こそが忍の母だと確信し、姿勢を正す。

「こんばんは。初めまして」

ぎこちなく下げた頭を、そろりと戻す。夫が大企業のトップに君臨しているとなれば、妻は気が強く高飛車な雰囲気だと思い込んでいた。実際には、人を委縮させるようなオーラなどなく、清楚で穏やかな人だった。

「鈴音さん。可愛らしい方ね。忍のこと、よろしくお願いします」

「えっ。あ、はい。こちらこそ、よろしくお願いいたします」

桜子はあれこれ質問もせず、あっさり忍との関係を承諾する。鈴音は拍子抜けし、逆に不安を感じた。

「忍。さっき、鈴音さんをひとりにしていたでしょう？　ダメじゃない。女性をエスコートするなら、きちんと気遣ってあげないと」

「すみません。だけど、そういう母さんは親父といないいんだな」

桜子に窘《たしな》められた忍は、さらりと揚げ足を取る。

「会場には一緒に入られたのですが、光吉様はすぐに西城戸社長と話が盛り上がってしまったようで」

柳多が代わりにフォローをすると、忍は興味なさげに踵を返した。

「そう。じゃあ、俺たちはもう帰る」

「えっ」

鈴音は驚いて思わず声を上げた。パーティー会場には、三十分ほど前に来たばかり。

「西城戸社長と盛り上がっているなら、もう俺は不要だろ。挨拶はしたし、この人数ならひとりふたり抜けたって目立たないさ」

そう忍は説明するが、不慣れな鈴音でさえ、会場に入ったときの忍の目立ちようならば、いなくなればすぐに気づかれることくらいわかる。しかし、決定権は忍にある。

鈴音は彼の言う通りにするだけだ。

「じゃあ。柳多、母さんをよろしく」

「お任せください」

鈴音はあたふたとして、桜子に頭を下げる。それから忍に手を取られ、腕を組んで会場をあとにした。

車に乗ると、鈴音は完全に気が抜ける。

「はあ〜。緊張しきりでした」

「お疲れ。だけど、そこまで緊張しているようには見えなかったけど」

「そんなことあるわけないじゃないですか……」

忍が小さく笑い、ドアに肘をついて鈴音を見据えた。

「みんな鈴音のことを見てただろう？」

忍がしたり顔で言うから、鈴音はぶんぶんと首を横に振る。

「違いますよ。それはべつの意味で注目されていただけ……」

「それだけじゃないさ。鈴音は素材がいい。確かに派手な見た目ではないが、この業界にいる女とはタイプが違っていて目を引く」

「ただ珍しいだけなら、誰でも同じ結果になりません？　私だからっていう理由じゃないってことですよ」

「そういうところ、本当カッコイイな。うっかり惚れそうだ」

忍は冗談めかして言うと、珍しく声を上げて笑った。そんな姿は初めてで、鈴音はとても驚いた。

「忍さんも冗談を言うんですね」

「まあ、俺も人間だし、気分がいいときにはそうなるのかもな」

会場でよほどうれしいことでもあったのかと、内心で首を傾げた。

「なにか食べていくか?」

「いえ。私は結構です。お茶漬けで十分ですから」

ホテルスノウ・カメリヤの料理は格段に美味《おい》しい。それは先日、光吉と会う機会で利用したときに知った。だけど、家でゆっくりご飯を食べるほうが、鈴音の性には合っている。

「お茶漬けか。そういや食べたことないな」

「え!」

鈴音はつい声を上げ、忍の横顔を凝視する。

「そんなに驚くところか?」

「ごめんなさい……。じゃあ今夜、一緒に食べてみます?」

冗談半分に提案した。大企業の御曹司ともなれば、お茶漬けなど特に魅力を感じないだろうから、忍の返答はおのずとわかる。

「なんて、冗談ですから」

「じゃあ、そうするか」

しかし、鈴音の予測は見事に外れ、車内に再び驚きの声が響いたのだった。


コンビニに寄り、マンションの駐車場に到着する。慣れないヒールを気にして歩いていると、いきなり忍に肩を抱かれた。鈴音は忍を凝視する。

「しっ。少しの間、このまま隣に」

すぐに理由を尋ねたかったが、忍が緊迫している様子だったので黙った。どぎまぎしながら、彼に寄り添いマンションへ入る。エレベーターに乗り、最上階に着いて、ようやく忍は腕を離した。

「どうして急にこんなこと……」

忍が玄関の鍵を解錠し、中に入ってから答える。

「さっき、駐車場で誰かに見られている気がした。気のせいかもしれないがな」

「えっ……」

鈴音は瞬く間に青褪《あおざ》め、硬直する。不審者で思い当たるのはひとりしかいない。途端に気持ちがざわつき、目線がおぼつかなくなる。得も言われぬ恐怖に呑み込まれそうになった瞬間、ふわりと温かな腕に包まれる。

「大丈夫だから」

忍の胸に抱き止められ、嘘のように不安が消えていく。しばらく忍の体温を感じていたら、遠慮がちに頭を撫でられた。

「悪かった。わざわざ言うべきじゃなかったな」

「いえ。私の問題ですし。ごめんなさい。取り乱しちゃって……。もう、平気です」

鈴音は慌てて距離を取り、リビングへ足を向ける。そのとき、忍に手首を掴まれ、振り返った。

「あ、いや……。先にシャワーを使うといい」

「え。あ、ありがとうございます」

忍は言い終えるなり、自室へこもってしまった。鈴音は茫然と廊下に立って、彼の心配そうな表情を反芻《はんすう》する。

触れられた箇所が、まだほんのりと熱を持っている。山内がいたかもしれないと聞いて、心臓が止まりそうなほど動揺した。だけど、今は忍を思って脈打っていた。

鈴音は先にシャワーを浴び終えると、キッチンで食事を用意し始めた。十数分後、忍が濡《ぬ》れた髪を拭いながらリビングに現れる。

「あ。今、お湯を用意してますけど、本当に食べますか？」

「ああ、頼む」

電気ポットの音が鳴り、用意していた茶碗《ちゃわん》にお湯を注ぐ。箸とともにテーブルに並べたときに、忍が興味津々《しんしん》で寄ってきた。鈴音はその姿を盗み見て、まるで子どものようだな、とこっそり笑った。

ふたり揃って「いただきます」と手を合わせ、茶碗を手にする。鈴音は、忍がぱくぱくとお茶漬けを食べ進める姿を眺めていた。

「へえ。さらっと食べられるな。うまい」

「今日はお茶漬けの素ですけど、貝や魚の出汁《だし》茶漬けも美味しいんですよ」

忍の気に入った様子を見届けてから、ようやく自分も口をつける。すると、今度は彼が鈴音に注目する。

鈴音は忍の視線が気になって、食事に集中できず、表情や仕草がぎこちなくなる。

「やっぱり、まだ不安か？」

箸がなかなか進まない理由は、不審者の件ではない。鈴音はそこで、山内の存在が薄れていることに気づき、茶碗を置いて放心する。

「心配しなくても、ちゃんと、きみを守るから」

忍の言葉に心臓が跳ねる。『きみを守る』だなんて、生涯、言われることなんかないと思っていた。心音が加速していくにつれ、彼をまともに見られなくなる。

「きみは今日、約束通り婚約者を演じてくれた。だから、相応のことは全うする」

忍は似たようなことを、何度か言っていた。聞き慣れているはずなのに、鈴音はショックを受ける。

「……ありがとうございます」

それでも唇を小さく開き、震えそうな声でなんとか礼を言えた。


約一時間後。鈴音は自分の部屋で手帳と向き合っていた。万年筆のキャップを外すと、少し考えてからペン先を手帳の上に置く。

【忍さんとお茶漬けの組み合わせは、しばらく忘れられない】

一文書き終え、思わず笑いが零れたが、すぐに笑顔は消える。そして、ペン先は次の行を走り出す。

【彼のあの言葉は、あくまで取引】

――『きみを守るから』

あのひとことは、鈴音の心に深く刻まれた。だからこそ、義務で言ったのだと書き記し、浮ついた自分に言い聞かせる。

鈴音は、目でその文字を何度も往復してから、手帳を閉じた。

それから数日後の日曜。ふたりは予定を合わせ、鈴音の両親の元を訪れた。

事前に改めて『結婚の挨拶をしに行く』とは伝えていたが、忍の家柄や肩書きまでは説明していなかった。そのため、顔を合わせて事実を聞いた両親は驚いた。

だが、鈴音が懸命に忍の人柄を話す姿を見て、母親は安堵した表情を浮かべ、鈴音もまた、そんな母親の顔を見て、ほっとした。

実家をあとにして、ふたりは並んで歩く。おもむろに忍が口を開いた。

「ずいぶん、実家では気を使っていたな」

鈴音は目を丸くし、「ぷっ」と吹き出す。

「それはそうですよ。忍さんみたいなすごい人が、ごく一般の家に来ると」

結婚の挨拶といえば、ただでさえ構えてしまうものなのに、相手が大手企業の次期社長。鈴音には、両親が恐縮するのは目に見えていた。すると、忍が苦笑する。

「いや、俺にじゃなく、鈴音が母親に対して。はっきり言葉にはしていなかったが、『心配しないで』っていう鈴音の気持ちを、ひしひしと感じた」

鈴音は見透かされていたことに動揺したが、今さらごまかすこともないかと開き直る。街並みに沈みかけている夕陽を見つめ、穏やかな顔を見せる。

「もう知っているじゃないですか。初めに忍さんが言った通りです。母は再婚して幸せに暮らしているんですよ。私はその邪魔になりたくないから」

忍は鈴音の横顔を瞳に映し、ぼそりとつぶやく。

「妹、六歳だっけ。鈴音に似てたな」

「えー？　そうですか？　そういえば、忍さんと明理さんはあまり似てませんね。男女だからですかね」

「さあな……」

そんな他愛ない会話をし、ふたり並んで影を伸ばしていく。

「いつがいい？」

「え？　なにがですか？」

突如投げかけられた質問に鈴音が首を傾げると、忍は足を止め、まっすぐ見つめる。

「婚姻届を提出する日だ。今日で書類が揃っただろう」

今度は、鈴音が忍を見つめる番だ。驚愕のあまり、声を出すどころか瞬きも忘れる。

鈴音は今日、母に頼んでいた戸籍謄本を受け取った。それを忍へ渡しさえすれば、明日にでも婚姻届を提出するのだろうと思っていた。忍は出会ったときから結婚を急いでいる。さらに契約結婚だ。入籍する日にちなど、どうでもいいはず。

鈴音は動揺を隠せず、しどろもどろになって答える。

「え……えーと、八月八日……とか？」

「八月八日？」

「ほら。末広がりで縁起がよさそうな……」

言いかけて、数秒前の発言を取り消したくなった。利害一致ゆえの結婚なのに、普通の恋人同士みたいな発想をして、ひとりでバカみたいだと感じた。赤い顔で狼狽えていると、忍が珍しく目を細めて笑い出す。

「ははは。鈴音は古風なところがあるんだな」

「いっ、いつって聞かれたから！　べつにいつでもいいんですけど！」

忍は必死に弁解する鈴音を見て、さらに笑う。

「あー、久々にこんなに笑った。そうだ。せっかくだし、もう少し先まで歩いていくか。いつも車で、こういう機会はないしな」

その提案に、驚いて足を止める。無駄なことを嫌う忍が、遠回りを選択した。

しかも、極上の笑みで——。

「どうした？」

「いえ……」

夕陽に照らされた忍の横顔を見つめる。そよそよと吹く風に、彼の黒髪がふわりと靡《なび》いた。

「ちょっと都心から離れれば、こんなに静かなところがあったんだな。たまにこういうのも悪くない」

鈴音の瞳に映し出される忍は、頬を緩ませている。今ばかりは、次期社長でもなんでもない、ありのままの忍に思えた。

ふたりは微妙な距離を保ったまま、再び歩く。それはさながら中学生のデートのようで、鈴音の胸は無意識にときめいていた。隣の忍を盗み見ては、彼の手に引き寄せられたり、抱き上げられたりしたことを回想する。さらには、キスしたことも。

瞬間、まるで恋をしているような動悸が全身を巡り始める。一度鳴り出した心音は、速まるばかりでやむことを知らない。鈴音は自分の変化に戸惑った。

「鈴音?」

忍に名前を呼ばれるだけで心臓が大きく脈打ち、頬がうっすら紅潮する。潤んだ瞳を向けられた忍は、鈴音から目が離せなくなった。

しばしの間ふたりは夕陽に照らされ、時が止まったように見つめ合う。

そのとき。

「そんな目で僕以外を見つめるなんて、許さない……!」

静かな路上で突如、唸るような低い声が聞こえた。鈴音が背筋をゾクリと震わせ振り返った途端、誰かがものすごい勢いで駆け寄ってくる。相手は手にナイフを持った山内だ。一瞬のことで、恐怖よりも驚きのほうが勝っていた。

鈴音が反射で顔を背けると同時に、なにかに全身を包まれた。直後、ドン、と鈍い音は聞こえたが、衝撃はない。鈴音は恐る恐る、視界を広げていく。覆いかぶさって守ってくれた忍の顔を覗き込むと、苦痛に歪《ゆが》んでいる。

「え……っ。しっ、忍さ……」

忍の脇腹に目を向けると、血が滲んでいた。鈴音は頭が真っ白になり、ただ震える手で忍の上着を掴む。

「……鈴音。離れてろ」

忍は苦しげに眉を寄せ、鈴音の手を振り解くと、山内に歩み寄る。山内は忍の出血に動転したのか、一歩も動けずにいた。

その隙に忍は足払いをかけ、山内を地面に伏せさせると、利き手を拘束する。山内が手にしていた折り畳みナイフは、音をたててアスファルトに落ちた。

「鈴音、今のうちに警察を呼べ……！」

忍に言われ、びくっと肩を上げる。本当はまだ声すら出せそうになかった。けれど、目前で怪我を負いながらも山内を押さえ込む忍を見れば、泣いてなどいられない。震える手で警察へ通報し、救急車も要請した。

数分後、山内は諦めたのか抵抗もせず、駆けつけた警官におとなしく連行されていった。


ふたりは忍が傷の手当てを受けた病院で、警察に事情聴取をされたあと、ようやくマンションへ帰宅した。帰路についていたのは夕暮れ時だったのに、すっかり陽も落ち、今は夜だ。

忍はソファに腰を下ろす際、寸時の間、顔を歪めた。命に別状はないとはいえ、傷口を数針縫ったのだ。痛み止めも少しずつ切れてきて、じわりと痛むのだろう。

鈴音は忍の姿を前に、言葉が出なかった。まさか、こんな事態を招くとは思いもしない。自分が襲われそうになった恐怖よりも、彼の身体が心配だった。どう詫びれば許されるのか。いた堪れない気持ちで立ちつくす。

「これでもう安心して寝られるだろ。よかったな」

「そんなことよりも、忍さんが……！　こんなことになるなんて……。私、どう償えばいいのか……」

声を震わせると両手で顔を覆い、涙を流す。忍は鈴音の姿に目を丸くした。

「大げさだな。命どころか、後遺症もないってドクターが言っていたのを、きみも聞いていただろ。入院すら免《まぬが》れたんだ。そこまで気にする必要はない」

宥《なだ》めるように声色を柔らかくするも、鈴音は甘んじることなく即答する。

「そんなこと、できるわけないじゃないですか」

濡れた瞳を揺らす鈴音を見た忍は、軽いため息をついた。

「この前の駐車場でのこともあったし、俺なりに警戒はしていたつもりなんだ。実は柳多に数日調べてもらって、何度も怪しい人影を確認したと報告は受けていた」

「えっ。そんなこと、ひとことも……」

「言えば逆に恐怖心を煽《あお》るだろ。俺か柳多がそばにいれば大丈夫だと思っていたんだが、俺としたことが油断した。ま、そんなわけだ。明日は仕事なんだろ？　早く休め」

何食わぬ顔でソファを立ち、明らかに遅い歩調でリビングを出ようとする。鈴音は、真剣な顔ですっと手を差し出す。

「今夜、そちらにお邪魔してもいいですか。なにかあったら、すぐ助けたいので」

大それたことを言った自覚はある。しかし、今は体裁など気にしている場合ではない。自分のせいで傷を負わせた責任感は確固たるものだった。

「……好きにしろ」

忍の了承を得ると、身体を支えながら彼の寝室に足を踏み入れる。この部屋に入るのは、引っ越してすぐの、あの日以来。

鈴音は家政婦のように忍の身の回りの世話をし、彼がベッドに入るのを見届けた。

「じゃあ、電気消しますね。なにかあったら、遠慮なく起こしてください」

「鈴音はどこで寝ようとしてるんだ？」

忍の質問に、気まずそうに言葉を詰まらせる。

「すみません。よければ、このソファを借りても……」

部屋の隅にある、ひとりがけのソファを目で指した。すると忍は鋭い瞳を向ける。

「そんな扱いを、女に平気でさせられる男だと思っているのか？　俺だって、慈悲の心くらいある。ベッドを使え」

「でも」

「初めて寝るわけではないし、今さらだろ」

そう言われてしまうと反論できない。忍の身体を心配して、そばにいようとしているのに、彼が落ち着かず休めないのなら意味がない。

『だけど……』と鈴音が躊躇していると、忍がベッドから足を下ろし、鈴音の前にやってくる。そして、鈴音の手首を取った。

「俺は鈴音なら構わないと言っているんだ」

鈴音は、夕暮れの中を歩いていたときと同じ動悸がよみがえり、動揺する。

「ソファで寝られたら、逆に落ち着かないだろ」

「あ……そうですよね。落ち着かないということでしたら」

おとなしく従うと、忍は手を離し、電気を消す。鈴音はベッドの隅に横たわった忍に背を向けて、静かに身体を丸めた。まだ胸は激しく鼓動を打っている。その理由は、もうすでに気づいていた。

鈴音が苦々しい気持ちになっていると、忍が口を開く。

「この間、パーティーで俺がちょっと離れていたときに、いろいろあったらしいな。

さっき電話で柳多から聞いた」

思わず忍を振り返る。西城戸の令嬢である星羅に向かって、生意気な態度を取ってしまったことだとすぐに察した。

「ごめんなさい。やっぱり、迷惑かけてしまいましたよね……」

取引先の機嫌を損ねるわ、怪我をさせるわで、役に立つどころか足を引っ張っている。もはや、看病するために横に寝るよりも、忍の希望に沿った偽装結婚相手を見つけてくるほうがいい気さえした。鈴音は深く自己嫌悪する。

「いや。それよりも……嫌な思いをさせて、悪かった」

忍が謝るなんて、と驚きのあまり上体を起こした。鈴音が起きた気配につられ、忍も寝返りを打ち、鈴音を見上げる。そして、言葉をひとつずつ探るように続ける。

「なんというか……身体の傷は癒えても、心に受けた傷は残るものだろう」

顔をふっと逸らし、再び背を向けた。鈴音は忍の広い背中を見つめ、胸がじわりと温かくなるのを感じる。同時に、やはり彼は傲慢でも冷たくもなく、とても優しい人なのだと確信した。

「寝ながら傷口蹴るなよ」

「そっ、そんなこと……！」

突然、嫌味交じりに言われ、自分の寝相の悪さを思い出して口を噤んだ。ひと呼吸置いて「気をつけます」と答える。

「冗談だ。じゃあ、おやすみ」

「おやすみなさい」

静かに布団に潜り、互いに背を向け合って瞼を閉じた。

先に寝息を立てたのは忍。鈴音は彼が寝たあとしばらく、胸の奥が熱いままだった。


夢の中で髪を撫でられる。その手つきは、どこか遠慮がちだ。鈴音は心地よさを感じ、目を開けられない。

「――ね。鈴音」

繰り返し耳に入ってくる声で、次第に意識がはっきりしていく。ぼんやりとした視界に忍の顔が映り込み、飛び起きた。

ベッド脇に腰かけている忍がスーツ姿なのを見て、寝坊したことを悟る。

「すっ、すみません！　私、寝坊して……」

真夜中、忍が苦しそうにしていたので、痛み止めを用意することがあった。彼は薬を飲んだあと、『もう平気だ』となんともない顔をしてすぐ横になったものの、鈴音は罪悪感ばかり膨らんでいき、なかなか寝つけなかった。

「まだ七時過ぎだ。遅刻はしないだろ？」

「七時……。はい、私は大丈夫です。っていうか、仕事に行くんですか？　怪我は大丈夫なんですか？」

「ああ。あのあとは普通に眠れたし、平気だろ」

寝返りもつらそうで、夜中に起きてしまうほど痛むはずなのに、ケロッとして即答する忍に開いた口が塞がらない。そうはいっても、仕事に穴を空けるわけにもいかないのだろう。鈴音は自分の無力さを痛感し、もどかしい思いを抱いてつぶやく。

「私にも、なにかできることがあれば……」

「そうだな……。だったら、鈴音の出勤前に俺のオフィスまで弁当を届けるというのはどうだ？　さすがに今日は、昼食のために出歩くのはしんどいと思っていたんだ」

「はい！　それくらいのことでしたら、ぜひ」

「じゃあ、あとで。行ってくる」

「行ってらっしゃい」と言って、忍が玄関から出ていく音を遠くに聞くと、すぐに出勤の支度を始める。

同居して数日経った頃に、家賃や食費などをどうするかを、忍に相談していた。家賃が高そうなタワーマンションだ。さすがにそれを折半するのは無理だけれど、払える分は出すと主張したのだが、忍は受け入れなかった。

明らかに収入に差があり、『鈴音ひとり一緒に住むようになったからといって、そこまで支出が増えるとは思えない』と突っぱねられた。これまで通り忍が負担すると決まったときに、鈴音が不服そうな顔をしたためか、ひとつだけ条件をつけられた。

それは、鈴音が自分の食事を用意する際、忍が『不要』という日を除いて、朝食と夕食は忍の分も一緒に用意すること。

鈴音はこの数日間で、ふたり分の食事を作ることにかなり慣れた。おかずを手際よく用意し、いざランチボックスに詰めようとしたときに、自分のものはあるが、男性用のものがないことに気づく。

とりあえずひとつだけ弁当を作り、仕方なく、余ったおかずを冷蔵庫に入れた。

どちらにせよ、手製となると重く受け止められるかもしれない。途中で弁当を見繕って買っていこう。そう考えを決めたとき、テーブルの隅の白い紙袋に目が留まる。思わず駆け寄り、袋を手に取って中身を確認した。

「忘れてる……」

忍は処方された薬を置いていったうえ、朝の分も服用していない。さすがに昨日の今日だ。いくらなんでも、きちんとしたほうがいいと思って、薬を必要な分だけ切り分ける。それから急いで朝食を済ませ、家を出た。

鈴音はレジ袋とランチバッグを手に、おどおどしていた。

コスメ業界のオフィスはすごい。出入口をくぐれば、真っ白なフロアとスタイリッシュなアクセントクロスが目を引き、まるでショップのようなおしゃれさだ。行き交う社員ひとりひとりの容姿のレベルも高く、圧倒される。

あまりキョロキョロすれば不審者扱いをされそうだとはわかっていても、なかなか気持ちが落ち着かない。今一度、深呼吸をしてから、受付へ足を向ける。

「すみません。副社長にお会いするにはどうすればいいでしょうか」

「はい。恐れ入りますが、お約束はいただいておりますか?」

約束と言われればしているが、受付で堂々と言っていいものかと、自信なさげに答える。

「えーと、まあ……。たぶん、名前を伝えていただけたら、わかってもらえるかと。山崎鈴音といいます」

「少々お待ちください」

受付担当者が電話をする姿を、不安な気持ちでちら見する。受話器を戻した受付担当者は、鈴音に笑顔を向けた。

「お待たせして申し訳ありません。確認が取れましたので、三十階へどうぞ」

「あ、ありがとうございます」

門前払いになったらどうしようかと不安になっていたが、杞憂だった。すんなりと通され、エレベーターで三十階へ向かう。階数ランプを目で追い、三十階に近づくにつれ緊張が高まる。手を握り、頭の中でシミュレーションを始めた。

鈴音が持ってきたのは、自分のランチボックスに入れた手製の弁当ひとつと、デパートで購入した弁当ひとつだ。そのどちらを忍に渡すのが正解なのか、答えを出しかねていた。

母でも恋人でもない女の手作り弁当など、気が進むものじゃないだろう。しかし、表向きは婚約者だ。それならば体裁を考え、手製のものを渡したほうがいいイメージはつくかもしれない。

どちらが忍にとって最善なのか。鈴音が考え込んでいるうちにエレベーターは停まり、ドアが開いた。慌てて降り、いまだ迷いながら、ふかふかな絨毯の上を歩いていく。角を曲がるとすぐにデスクがあり、秘書の女性がいた。

「おはようございます。山崎様ですね。受付から連絡が来ております。ただ今、副社長室へご案内を――」

「鈴音様」

「柳多さん……！」


秘書の言葉を遮り、柳多が姿を見せる。鈴音は知った顔を見て、ほっとした。

「こちらの方は私が案内するから。きみは座っていて」

「承知いたしました」

柳多が秘書をデスクへ戻らせると、鈴音に笑顔を向ける。

「今朝、副社長から頼まれていました。鈴音様をすぐに通すようにしてくれと」

「そ、そうだったんですか。あの……その『様』っていうのは……」

柳多が歩みを進めるのを追い、おずおずと尋ねる。T字路を曲がり、秘書のデスクが完全に見えなくなったところで、柳多は笑って振り返った。

「ふふ。本当に慣れない人だ。わかったよ。ふたりのときは、対等に話をすることにしよう」

鈴音への態度を崩し、眉を上げて笑う。

「それにしても、昨日は驚いたよ。副社長からの電話を取れば病院だというのだから」

同フロアにいる秘書を気にして、声を落としてそう言った。鈴音は柳多の言葉が皮肉めいて聞こえ、立つ瀬がなく俯いた。

「も……申し訳ありません」

「本当に」

そのひとことで、さらに力なく項垂れた。すると、柳多が穏やかな声音で言う。

「けれど、きみのせいではない。悪いのは犯人だ。それと、油断をしてしまった副社長も悪いかな？」

「そんな！　彼が悪いだなんてありえません！　なんでそんなことを！」

忍は一番の被害者だ。鈴音は憤慨し、思わず声を荒らげた。

「いやいや、冗談。もう少し声を落としてね」

柳多が失笑して窘めると、鈴音はばつが悪い顔で口を引き結んだ。

「だけど、彼は柔術の黒帯を持っている人なんだよ。まあ、現役時代が十年近く前なら勘も鈍るのかな」

そう言われて思い浮かべると、確かに忍の姿勢や身体つきはいいものだ。

柳多は、にやにやとした顔つきで言う。

「ずいぶんと怖い顔をして副社長を庇《かば》ったね」

「……当然です。私を守ってくれたんですから」

　忍に責任があるような言い方をされ、咄嗟に頭に血が上った。単純に恩人を悪く言われたからではなく、特別な感情があるからだと、すでに自覚している。それに気づかれないよう、平静を装った。

「守ってくれた……ね。さあ、ここがきみの旦那様の部屋だ。鈴音様、どうぞ中へ」

　柳多が目の前の重厚なドアを開く。鈴音は心の準備もできず、慌てて姿勢を正した。まるで面接を受ける人のように「失礼します」と堅苦しく挨拶をする。

「そこまで他人行儀にしなくてもいいけどな」

　シャープなデザインの革張り椅子にいた忍は、手にしていた液晶タブレットをデスクにポンと置き、鈴音を見て小さく笑った。鈴音は部屋に入るなり、心配そうに眉を寄せる。

「傷の痛みはどうですか？　今朝の分の薬、飲んでいませんよね。まだ間に合いますから、どうぞ」

　カバンから薬を出し、途中で買った水も一緒にデスクへ差し出した。忍は薬を受け取り、あっけらかんとして言う。

「ああ。忘れてた」

「それと、お約束していたお弁当なんですけど、急なことでお弁当箱が私の分しかないことに気づいて……ですから、申し訳ないのですけれど既製品のもので」

レジ袋に入った弁当を渡すも、忍はなかなか受け取らない。困っていると、凛《りん》とした声で「鈴音」と呼ばれる。

小さく肩を上げると同時に、忍が椅子から立ち上がり、ランチバッグを指差した。

「俺がそっちをもらう」

「えっ……」

「俺の分まで作ったあとに、弁当箱がないって気づいたんじゃないのか」

見事言い当てられた鈴音は、返す言葉もなく肩を竦める。

「で、余ったものを夜に食べようとしているんだろう？　だったら今、鈴音が作ったほうを俺にくれればいい」

そこまで読まれていたなんて、と驚愕した。忍の視野の広さと気遣いには、頭が下がる。

忍はずっと右手を出したまま。鈴音は迷いながら、おずおずとランチバッグを渡す。

「あの、ありがとうございます」

忍は真剣な顔で礼を言う鈴音を見て、吹き出した。

「鈴音はやっぱり変なやつだな。礼を言うのはこっちだろう。それより、時間は間に合うか？　厳しそうなら柳多に頼むが……」

「だっ、大丈夫です。お仕事の邪魔をしてすみませんでした。失礼します」

これ以上、余計な迷惑はかけられない。首をぶんぶんと横に振り、一礼をする。そそくさと退室しようとしたとき、呼び止められた。

「鈴音」

「は、はい」

ドキッとして振り返ったが、忍は仕事に戻りながら、さらりと続ける。

「今夜、食事は軽めでいい。十時頃には帰る」

鈴音はなんだか照れくさくて、俯いて「わかりました」と返事をし、ささっと副社長室をあとにした。


エレベーターを待っていると、横からくすくすと笑い声が聞こえる。

「なんですか？」

「いや。なんだか本物のご夫婦のようだね」

隣にいた柳多は軽く握った手を口元に添え、笑いを堪えている。

「そんなことないです。忍さんは、私がお金をもらったから奉仕しているんだって思っていますよ」

鈴音はエレベーターのランプを見上げ、寂しげな声でぽつりと零した。

忍が身を挺《てい》して守ってくれたことで、鈴音の忠誠心は、より大きくなった。彼はそれに気づいていない。でもそれでいい。特別な感情が芽生え始めた今、忍のそばにいる理由は金銭だと思われていたほうが楽だった。

柳多は鈴音の横顔を見つめ、口の端を上げる。

「だけど、私生活の雰囲気が自然に出てしまうこともあるだろうし、それを考えると、普段から仲良くすることは必要かもしれないしね。いい傾向じゃないのかな」

鈴音が複雑な心境でいると、エレベーターが到着してドアが開く。

「では、鈴音様。行ってらっしゃいませ」

柳多が仰々しく頭を下げるのを、立つ瀬がない気持ちで目に映していた。


その日の休憩は、梨々花と一緒だった。社員食堂に移動してきた彼女が、既製品の弁当を見て素早く反応する。

「あれ？　最近お昼買ってるの？」

「ううん。実は……」

鈴音は昨日の事件には触れず、弁当のいきさつだけを説明した。梨々花は長い睫毛を瞬《しばた》かせ、驚いた声を上げる。

「へえ！　心配してたけど、案外優しい人なんだ。黒瀧さんって」

梨々花にすれば、鈴音から聞いた情報は『ローレンス副社長』ということくらいで、イメージが湧きづらかったのだろう。大企業の次期社長で、鈴音に偽装結婚を迫ることから、無意識のうちに横暴で冷たい印象になっていたらしい。

無駄なことが嫌いなはずの忍は、なんだかんだと気遣い、守ってくれている。たとえ契約だとしても、本質的な優しさがなければ、今日までのように扱ってくれているはずがない。

そんな人間が、契約結婚なんて画策してまで成し遂げたいこととは、本当に社長の椅子だけなのだろうか。これまで、事の発端である忍の事情を深く追及したことがなかったが、いささか気になってくる。

「だけど、本当に結婚するの？」

梨々花に心配そうな目で問われ、鈴音は微笑み返す。

「うん。昨日、私の母親のところに挨拶もしてきた」

梨々花は険しい表情で、テーブルに手を一度打ちつける。

「鈴音、無理強いはされてない？　確かにストーカーから守ってくれるのはありがたいけどさ。あまりに常識から外れてるっていうか！」

「そうだね。だけど、不思議と抵抗はないの。あの人の役に立てるならそれでいい」

鈴音の答えは迷いがなく、すぐに口から出てきた。忍を思い出し、自然に顔が綻ぶ。

梨々花は鈴音の反応が意外だったのか、それ以降、なにも言わなかった。


夜十時を過ぎ、鈴音が寝る支度を終えた頃、忍が帰宅してきた。忍は鈴音と挨拶を交わしてすぐ、バスルームに向かう。

鈴音は自分の部屋に戻らず、キッチンで彼を待った。忍がやってくると、笑顔で声をかける。

「今日は、焼きおにぎりにしたんですが……」

「これ、ごちそうさま」

ふっと顔を向けたら、忍がランチバッグを手にしていた。受け取ったランチバッグは軽く、彼が弁当を食べたのだと実感する。

「ああ……はい……」

気恥ずかしくなり、自然な反応ができない。忍の目を見られず、ごまかすように夕食の準備をこなす。テーブルに焼きおにぎりと浅漬け、味噌汁を並べた。忍は相変わらず、「いただきます」と手を合わせてから、お椀《わん》に口をつけた。

鈴音はキッチンであと片づけをしながら、さりげなく忍に目を向ける。黙々と食事をしているのを見て、ほっとした。

「今日」

忍が突然、口を開く。鈴音はこっそりと彼を見ていたところだったので、内心飛び上がって驚く。

「弁当に入っていた卵焼きが、なんだか珍しかった」

「え。ああ、あれはこの間買ったお茶漬けの素を混ぜて……。もしかして、お口に合わなかったですか」

「いや。美味しかった。ほかに入っていたものも全部。また食べたい」

ぽつりと答える忍は、なんだか子どものように可愛く思う。

「あんなお弁当でよければ、いつでも」

そう返し、喜んだのも束の間、心の中で嘲笑する。『いつでも』なんて、いつか叶《かな》わぬ日が来るのに、と。

無心になるべく、キッチンの上を磨いていたら、いつの間にか忍は食べ終えて食器を持ってくる。鈴音は慌てて皿を受け取り、用意していた夜の分の薬と水を差し出した。すると、忍が一笑する。

「きみは本当に几帳面《きちょうめん》だな。そういや、客として店に行ったときも、やたら丁寧に商品を扱っていたのが印象的だった。ああいう何気ないところで人の本質は見える」

鈴音はふいに褒められ、どんな顔をしていいのかわからない。動悸がやまず、頬が熱くなっていく。忍は薬を喉に流し込み、ゆっくりとソファに腰を沈めた。

「あの、塗り薬も忘れずに……」

「治るまで結構面倒だな」

辟易として言う忍に、申し訳なさが先立つ。鈴音は、おずおずと口を開いた。

「包帯巻くの、お手伝いしましょうか？」

鈴音はそのひとことに、すごく勇気を出した。ひとりで意識したところで、断られるのがオチだとわかっていても、緊張する。

「じゃあ、頼む。鈴音なら器用に巻いてくれそうだ」

予想に反する回答に、驚愕して忍を凝視する。利害一致の契約をしただけなのだから、線を引いて距離を保ってくれればいい。でも、気を許してくれることはうれしい。

鈴音は複雑な心境で、新しい包帯を用意する。

「あの……塗り薬はどちらに？」

「ああ。寝室かな……つっ」

ソファから立とうとした忍が、下を向いて静止しているのを見れば、痛いことは一目瞭然だ。すぐに駆け寄るも、身体を支えていいものかわからず、手が宙を彷徨う。

「わ、私が取ってきますから！」

「どうせ寝室で寝るんだ。洗面所に寄ってから行くよ」

よろりと立ち上がり、リビングを出る忍を、もどかしい思いで見つめる。それから、洗面所から戻ってきた彼とともに、寝室へ向かった。忍はベッドにゆっくりと腰を落とす。

「かなり痛みますか？　座っているだけでもつらいんですね……本当にすみません」

「いて……。なんか情けないな」

「そんなことないです！」

思わず全力で否定した。忍に対する感情が、ここ最近コントロールがきかなくなっている気がする。このままだと、本当に引き返せなくなるかもしれない。

鈴音は気持ちを落ち着けてから、平静を装って塗り薬を持ってくる。

「薬、ありましたよ」

「鈴音がやって。俺、こういうの雑だから」

ふいに甘えられると、心臓が騒いでうるさい。顔が熱くなり、緊張で手が震える。

動揺を必死に押し隠して薬のふたを開けるが、忍の素肌を前にしたら、どうしても目線が定まらない。スーツの上からでもわかっていた引きしまった身体、厚みのある胸、がっしりとした腕。ほどよく鍛えられている肉体は、鈴音を虜《とりこ》にする。

薬をつけたガーゼを、そろそろと脇腹へ近づけていく。うっすら割れている腹筋を横目に、ぽつりと零した。

「柔術を習っていたんですね」

鈴音が包帯を手に取ると、忍は包帯を巻きやすいように、自ら両腕を少し上げ、ため息交じりに言った。

「柳多か。余計なことを。それを知られたら、なおのこと格好つかないだろ」

鈴音がたくましい背中に包帯を回すたび、忍との距離が近くなり、体温が上がっていく。

「今日、鈴音が気をきかせてくれたおかげで助かった」

「なんのことですか？」

鈴音は包帯を巻く手を止め、忍を見上げる。するとまっすぐ見つめられた。

「薬。あのあとすぐ、痛み止めを使わせてもらったよ」

「あ、ああ！　そうですか。それならよかったです」

頬を緩ませると、忍は瞳に優しい色を浮かべる。

「それに、ああいうものをもらったのは初めてだった」

「ああいうもの……って？」

「メモさ。今はなんでもメッセージで済むしな」

鈴音は薬の袋の中に、一筆箋を添えていた。【痛むときには必ず服用してください。くれぐれも無理しませんよう。なにかあったらすぐに知らせてください】と。

一般的に、大人になってから字を書く機会は少なくなるのかもしれない。けれど、鈴音にとっては特に珍しくはなかった。

業務中にほかのスタッフへメモを残すのは日常茶飯事だし、なにより普段から日記をつけている。それが、忍にとっては新鮮なことだったらしい。

「初めて……？　忍さんなら、今までに多くの女性から送られていそうなのに」

鈴音は、つい思ったことを口から滑らせる。

忍の言う通り、今はメッセージが主流かもしれないが、小さい頃や学生時代なら、まだ手紙のやり取りはありそうだ。忍ならば女子からもらうこともあったはず。

「まあ、何度かもらったことはあったけど、俺を気遣うような内容だったことは一度もない。大体、相手の一方的な感情が書かれているだけ」

忍は淡々としていたかと思えば、ふいに微笑んだ。

「今日のあれで、手紙とはなかなかうれしいものだとわかった」

鈴音は頬を染め、瞳を揺らがせる。もはや鼓動が騒ぐのは不可抗力だ。どうにかなりそうで、手早く包帯を巻き終え、すっくと立つ。

「あっ……もうこんな時間ですね。早く横になって身体を休めないと」

「そうだな。ありがとう……くっ」

「だっ、大丈夫ですか……？」

Tシャツに袖を通した忍が、頭を垂れて痛みに耐える。

「やっぱりまだ、曲げ伸ばしはいつも通りにはいかないな」

苦しそうな表情をごまかすように、小さく笑う。鈴音はそんな姿を目の当たりにし、そのまま忍の部屋に残るか否か悩む。心配だからと毎晩、監視するように寝室に入り浸るのも迷惑だ。それに、必要以上に長い時間一緒にいれば、どんどん忍の存在が大きくなっていく。

鈴音は数秒迷った。しかし自分の事情よりも、痛みを堪えている忍を優先すべきだと決断した瞬間だ。

「毎回、気遣いで迷われるのは面倒だ。俺の傷が心配なら、治るまでここで休め」

忍はTシャツを着て、淡々と続ける。

「あの布団で寝かせるのはずっと気になっていたし、そうかといって鈴音は、ベッドはいらないと言う。まあ、もし買ったとしても、どうせここを出ていくときに、きみはベッドを持っていくということはなさそうだしな」

何気なく言われた『ここを出ていくとき』という言葉に、鈴音の胸が締めつけられる。あくまで一時の住処《すみか》。それは当初から決まっていて、わかっている。

「わかりました。ちょうど柳多さんにも言われましたし、そうさせていただきます」

なんとか平静を保って答えると、忍が怪訝な顔で尋ねる。

「柳多に？　なんて？」

「周囲にバレないために、日常的に夫婦らしくするのは賢明だ、というようなことを」

鈴音が薬と包帯を片づけながら、事務的に説明する。忍は鼻で笑ってベッドに横たわった。

「はっ。柳多が言いそうなことだな」

そうして慎重に寝返りを打ち、鈴音に背を向ける。

「傷の痛み……眠れそうですか？」

忍の背中はとても広く、たくましいはずなのに、どこか寂しそうに見えて抱きしめたくなる。

「昨日言ったはずだ。気にするな、と。怪我したのが鈴音じゃなくてよかったよ」

今の言葉が、義務ではなく本音だったらどれだけうれしいか。

鈴音は一度、きゅ、と口を引き結び、一拍置いて答える。

「私は、忍さんじゃなく、自分だったらよかったと思っています」

なにも関係ない忍が苦しむ姿を見るのは、あまりに胸が痛い。こんな思いをするくらいなら、いっそ自分が怪我を負ったほうがよかった。

やりきれない思いを抱えていると、ふいに忍が振り返る。

「知ってる。それでも、俺でよかったと思ってるよ」

そうとだけ口にすると、また顔を戻す。

「おやすみ」

昨日と同じように、鈴音に背を向けて瞼を落とす。鈴音も「おやすみなさい」と答え、横になったが、目は開いていた。

しばらくして、忍の寝息が聞こえてきた。鈴音は起こさぬよう、そっとベッドから抜け出し、自室から手帳を持ってくる。サイドランプをつけ、ぱらぱらと過去の日記を眺めていた。そして今日の日付まで辿《たど》ると、心で思った通りに万年筆を走らせる。

【平和に一日が終わった。こんなふうに過ごせるのは……彼のおかげだと思う】

そこまで書いて、急に恥ずかしくなり、消したくなった。今書いた一文から目を背け、最後に一行書き足す。

【ちゃんと、任された責務は全うする】

一時の感情に流されて忘れそうになるなら、何度でも書き記せばいい。そうすれば、忍への思いを封印できる。

鈴音はインクが粗方乾いたのを見て、手帳を閉じる。そっとサイドテーブルに置き、灯りを消した。

偽り夫婦

あれから二日が経った。昨日は鈴音が目を覚ますと、忍はすでにいなくなったあとで、そのまま夜遅くまで帰宅しなかった。しかし、不要の連絡がなかったので、夕食はきちんと用意しておいた。【忘れず薬を飲んでください】とメモを添えて。

そして、今朝。鈴音は寝ぼけ眼で、遠くで誰かが話しているような微かな声に反応する。まだうつらうつらとし、数秒後にどうにか睡魔に勝って瞼を開く。

「え……！」

びっくりしたのは、自分の寝相だ。寝るときには極力端に寝ているのに、朝になれば忍が寝ていた位置で寝ているのだ。今朝だけではない。昨日の朝もそうだった。

鈴音は恥ずかしい気持ちでベッドを下り、リビングへ向かう。先ほどまで声がしていたはずなのに、忍の姿は見えない。

夢だったのかと思い、キッチンへ入る。昨夜用意していた食事は綺麗に平らげてくれているのを確認して、じわりと胸が温かくなった。

そのとき、廊下からガチャッとドアノブを回す音が聞こえる。リビングの出入口に目を向けると、スーツ姿の忍がやってきた。

「鈴音。起きたのか」

「し、忍さん！　おはようございます。やっぱりいらっしゃったんですね」

「ああ。書斎にいた。鈴音、保険証を取ってくれ」

「え？　病院の予約は明日じゃ？」

鈴音は、キャビネットの引き出しから保険証を取り出し、尋ねる。

「明日は急な仕事が入ったから、どうにか今日に変更してもらった。だから鈴音は明日ゆっくりしていろ」

忍の再診の日は、シフトが休日だとわかったときから病院についていく予定だった。自分のせいで負った怪我だ。都合がつくなら、付き添いたいと思っていた。

忍は保険証を財布にしまい、リビングを出ようとした。

「お忙しいんですね」

命に別状はないとはいえ、怪我をした翌日から仕事をし、二日目から深夜に帰宅。翌朝は早々に出社……というのを見ていた。鈴音は純粋に、忍の身体が心配になる。

「やらなきゃならないことは山のようにある。時間がいくらあっても足りない。身体がもうひとつあればいいいんだけどな」

「私……迷惑ばっかりかけてますね」

肩を竦めて謝る鈴音に後ろ髪を引かれたのか、忍はおもむろにソファに戻り、腰を下ろして言う。

「あー、いや。そういう意味じゃない。自分でもわかっている。先を急ぎすぎるのはよくないと。つい、夢中に……夢中になってしまうんだ」

「夢中に？　仕事にっていうことですか？」

「柳多やほかの社員からも注意されたりしている。ハードワークもほどほどに、と」

忍はゆったりと背もたれに身体を預け、自嘲気味に苦笑いを浮かべた。

「社長の椅子がどうとか関係なく、今のお仕事、好きなんですね」

鈴音のひとことに、忍はほんの一瞬瞳を大きくさせた。大手化粧品会社の副社長相手に、陳腐な感想すぎた、と忍の顔色を窺う。気まずい気持ちで、どうにかこの場をやり過ごす方法はないかと考えあぐねていると、忍の唇がうっすら開いていく。

「……嫌いじゃない」

いつもとは違う、ぼそりとした話し方に、鈴音はきょとんとする。じわじわと忍の本心に触れた実感が湧いてくると、思わず顔が綻んだ。

「私も今の自分の仕事、嫌いじゃないです。お客様が満足そうに帰られると、私も満たされた気分になるんです。まあ、私はただ販売しているだけですけれどね」

商品の企画・開発から商品販売に至るまで、すべてにかかわっている忍と比べたら、鈴音の仕事はほんの一部でしかない。わかっているけれど、忍の思いを聞いたら伝えたくなった。

「そんなことはないだろう。俺はうちの社員のビューティーアドバイザーを評価している。彼女たちなしには会社は成り立たない。鈴音も同じ。きみは必要な存在だ」

精悍な顔つきは、経営者側のしっかりした意思を感じられる。さらに、社員を思う心が見える美しい双眸には魅力が詰まっている。一番心が動いたのは、最後に言われたひとこと。

――『きみは必要な存在だ』

仕事上の立場から見て出てきた言葉だとわかっていても、忍が個人的に『必要だ』と訴えている錯覚に陥った。鈴音は胸がきゅうっと締めつけられ、切なくなる。

「あっ。すみません。時間、大丈夫ですか？」

気持ちを吹っ切るべく話を終わらせると、忍はやおら腰を上げ、近づいてくる。鈴音は穏やかに微笑む忍を見上げ、高鳴る心音を感じる。

「ああ。どうせ午前中は病院だ。ここぞとばかり、ゆっくり向かうさ。じゃあ行ってくる。今夜も遅くなるから先に休んでいていい」

無防備な笑顔に、目を奪われる。はたと我に返り、慌てて床に置いてあったカバンを拾い上げ、忍へ手渡した。

「お気をつけて」

忍は一度振り返る。ほんのわずか視線を交錯させている時間が、鈴音にはとても長く感じられた。跳ね回る心音に気づかれそうだと思ったとき、忍が微笑とともに口を開く。

「鈴音も」

ひとこと言い残し、忍が出ていった途端、その場に座り込む。しばらく、異常な鼓動は収まらなかった。


翌朝、鈴音は寝癖も直さず、真っ先にリビングへ向かった。休日だけれど、目覚めた時間はいつもと同じ。リビングに辿り着くと、今日も忍はすでに出たあとだった。

夕食に添えていたメモがない。思えば、今回だけではなく、メモはすべて忍が処理していることに気がついた。そんなことを気にも留めていなかったが、今日は違う。内容が内容なだけに、敏感になっているのだ。

昨夜、気分転換でインクの色を変えた万年筆で、何度も書き直した。

【お疲れ様です。病院では異常などありませんでしたか？　順調なようでしたら、明日から自室で休みます。長らくお邪魔してすみませんでした。　鈴音】

鈴音は、出会ったときとは違う感情が確実にあると認め、心を決めた。

今夜が最後。明日以降は元の生活に戻す、と。

だから、そのあとに書いた日記の内容も、【今日の夜ご飯は、生姜《しょうが》焼きだった。あと、インク色を変えた】と、忍と出会う前のように書き綴《つづ》った。

鈴音はキッチンに下げられていた食器を、どこかもの寂しげに見る。それから朝食をとり、軽く身支度を済ませ、掃除を始めた。掃除機を順にかけていき、主寝室へと足を踏み入れる。

ベッドを綺麗に整え直し、再び掃除機をかけ始めたときに、うっかりしまい忘れた自分の手帳を、ベッドの奥へ押しやってしまう。慌てて膝をつき、ベッドの下を覗き込んだ拍子に、手帳のほかにもなにかが落ちているのに気がつく。

「なんだろう」

ぽつりとつぶやき、手を伸ばすと、ＵＳＢメモリが出てきた。埃《ほこり》もついておらず、ごく最近落としたものらしい。

しばし手の中のＵＳＢを見て、忍に連絡するべきか迷う。考えた末、彼にメッセージを送る。メッセージなら邪魔にはならないし、必要であれば反応があるはずだ。

するとと、思いがけず早々に着信が来た。鈴音は吃驚し、慌てて電話に出る。

「もしも――」

『鈴音！　それをちょうど今、探していたんだ！　どこで見つけた？』

思いがけない反応に戸惑い、目を瞬かせる。

「えっ。あ、ベッドの下に……」

『ベッドの下？　そうか。昨日は寝室にカバンを持ち込んで……。鈴音、悪いがそれを今から届けてもらうことは可能か？』

忍は焦りを滲ませ、矢継ぎ早に言葉を並べる。鈴音は携帯を肩に挟んで掃除機を片づけながら返事をした。

「はい。大丈夫です」

すぐに出られるよう、部屋にカバンを取りに行き、鏡の前で容姿をさっとチェックして玄関に向かう。

『恩に着る。なるべく早く欲しいから、タクシー拾って飛ばしてもらってくれ』

すでに靴を履いている鈴音は、こくりと頷いた。

「わかりました。すぐ向かいます」

数十分後。鈴音はローレンス社の役員専用エレベーターに乗っていた。最上階に着き、エレベーターのドアが開いた瞬間、前のめりで足を出す。

「あっ……！」

鈴音は思わず声を上げた。出会い頭に、光吉と鉢合わせたのだ。鈴音は驚倒し、言葉が出ない。口火を切ったのは、光吉の隣にいた男性だ。

「もしかして、週刊誌の、あの方じゃ？」

男が目を剥き、興味津々とばかりに見てくるので、鈴音は首を傾げた。

「そうだ。私もこの前、忍に紹介されたんだよ。鈴音さんといったね？　そんなに慌ててどうしたんだい？」

「し、失礼いたしました。先日はありがとうございます。本日は忍さんに急用が……」

鈴音は光吉に委縮しつつも、なんとか目を見て受け答えする。

まともに会うのはこれで二度目。回数的にも当然慣れるわけがない。しかも、鈴音は光吉の雰囲気が苦手だ。それは社長の肩書きを持つ相手だからだけではなく、掴みどころのない光吉の視線がどうも落ち着かない。表向きは友好的なのだが、本心がべつにある気がして構えてしまう。

「急用ねえ」

口角を上げてつぶやく光吉に、ドキリとした。嫌な汗がじわりと滲む。念のため、『忍の忘れ物を届けに来た』とは説明しなかったが、自分が会社にやってきたことで、忍の印象が悪くなったかもしれない。もっとうまい受け答えをすべきだった、と肝を冷やす。

「あの、本当にすぐ帰りますから」

光吉は目を丸くしたあと、肩を揺らして笑った。

「いやいや。大方仕事の用なんだろう？　ぜひ前向きに検討してほしいよ」

「え？」

「社長。時間が」

男性社員は先にエレベーターに乗り、光吉に声をかけた。続いて光吉がエレベーターに乗り込む。ふたりが乗ったエレベーターのドアが閉まり、降下していった。

鈴音はしばらくその場に立ちつくし、難しい顔つきで考える。『仕事の用』なのは合っているが、『前向きに検討』とはどういうことか。まったく思い当たる節もなく、眉間に皺を寄せていたが、はっと現状を思い出す。今はそれよりも、届け物をするのが先だ。

鈴音は慌てて廊下を進み、角を曲がる。秘書デスクが見えた瞬間、女性が立ち上がった。

「鈴音様。お待ちしておりました。どうぞこちらへ」

秘書の女性に副社長室へ通される。室内に入ると、忍のそばには柳多がいた。

「お、おはようございます」

「おはようございます、鈴音様。とても早い到着ですね」

爽やかな笑顔の柳多と、凛々しい表情の忍は対極。ふたりとも美形にもかかわらず、鈴音の視線は自然と忍に向く。

「忍さん。これを」

忍は鈴音の小さな手のひらから、ＵＳＢを受け取った。

「ああ。間違いない。時間がないのに、また資料を作成し直さなければならないかと焦っていた。助かったよ」

引っ込めた鈴音の手には、忍の指先の感触が残る。

「鈴音のおかげで、スケジュール通りいけそうだ。ありがとう。柳多、悪いが彼女を送っていってくれないか」

「いえ。大丈夫です。今日は予定もありませんし、近くをぶらっとして戻りますから」

遠慮して早々に去ろうとした矢先、鈴音のお腹が見事に鳴った。明らかに全員に聞こえた音量に、鈴音は汗顔の至りだ。

「朝食は？」

鈴音は忍の質問に一瞬顔を上げたけれど、恥ずかしさのあまりすぐに俯いた。

「あ……トーストは食べてきたんですが」

「柳多。休憩には少し早いが、鈴音とランチに行ってくれ」

忍の指示に、鈴音は慌てふためく。

「えっ。いや！　私ひとりで適当に――」

「予定はないんですよね？　では、ぜひ私とご一緒してくださいますか？」

柳多がやや強引に言葉をかぶせ、微笑む。『ぜひ一緒に』と言われたら、さっき予定はないと言った手前、断れない。

「……はい」

小さな声で渋々頷くと、柳多は満足そうに目を細め、忍を見た。

「では、少々準備して参ります。すぐにこちらに戻ります」

柳多が部屋から一時退室すると、忍は革張りの椅子から立ち上がり、おもむろに瞼を伏せて言う。

「悪いな。俺はまだやることが残っている。代わりに今晩はどこかへ連れていくよ」

「お忙しいんですよね……？　私を気遣っていただかなくても結構ですから」

歩み寄ってくる忍を見つめ、戸惑った声で返す。ふたりきりなのはいつものこと。それなのに、やけに緊張し、胸が高鳴る。今や忍との距離が近づくだけで、まともに顔を見られなくなっている。

忍はふいに鈴音の肩を抱き寄せ、こめかみに口を寄せた。

「大丈夫だから気にするな。今日の礼も兼ねてそうしたい。元々、今夜は早く帰宅しようとしていた。定時で上がるつもりでいるから」

周りに誰もいないのに、声のトーンを落として言われると変にドキドキする。耳の近くで囁かれた低い声が、頬を火照らせる。

「そう、ですか……。でしたら、私はこの近くで買い物でもしています」

忍に手を置かれた肩が、じんとするほど熱く感じる。さっき軽く触れた手とは比べものにならない。

「お待たせいたしました。では、行きましょうか」

そこに助け船の柳多が現れ、ほっとする。

「あ、はい。それじゃあ、私はこれで……」

鈴音は踵を返して背を向けた瞬間、さっき惑わされた艶やかな声で「鈴音」と呼び止められた。鈴音の心臓が大きく跳ねる。

「あとで連絡する」

些細な約束なのに、ときめいてしまう。鈴音は無言で一度頷き、柳多と一緒に副社長室をあとにした。


柳多についてローレンス社から十分ほど歩くと、隠れ家のような洋装の外観の店に着いた。上部が半円の格子窓を横目に、店内に足を踏み入れる。

「いらっしゃいませ。お待ちしておりました。どうぞこちらへ」

入店してすぐ、名前も聞かれず案内される。柳多は店内の階段を上りながら話し始めた。

「さっき電話して席を取ってもらったんだよ。ここは彼も俺も、よく利用するんだ。会社から近いし、個室があるし。なにより料理が美味しいからね」

「ありがとうございます。それでは、のちほどご注文を伺いに参ります」

エスコートしていた女性店員が柳多の言葉を受け、頭を下げる。

店員が一度去ると、柳多は鈴音の椅子を引いた。鈴音はおずおずと腰を下ろし、さっき外から見ていたおしゃれな窓を眺める。忍は普段、こういうところでランチをしているのか、と思うと新鮮だった。

柳多は向かい側に腰を据えると、鈴音にメニューを差し出す。

「どれも美味しいけれど、お勧めはやっぱりビーフシチューかな」

「そうなんですか。じゃあ、ビーフシチューにしようかな」

「了解」

店員に注文を終え、鈴音は「ふう」とひと息つく。目まぐるしい午前を反芻し、光吉と会ったときのことを思い出す。

「そういえば、さっき偶然社長にお会いして。よくわからないことを言われたんですよね」

「わからないこと?」

「私に『前向きに検討してほしい』って……。いったいなんのことだろうって」

重役の秘書をしている柳多ならば、なにか知っているかもしれない。

柳多は水を口に含むと、間を置いて答える。

「それはおそらく、商品モデルのことではないかな。先日のパーティーできみは注目を集めていたし、あの場にはほかにもローレンスの人間がいたからね」

「えっ。そんなの、ありえません！　もしそうだとしても無理に決まってます！」

「ありえる話だ。なんの実績もない一般人をモデル候補に挙げて、社長が納得するなんて、珍しいことなんだよ。よほど気に入られたんだね」

鈴音は、唖然として瞳を揺らす。

「あの人は、商品について一切興味はないけれど、宣伝だけはこだわる。費用対効果も考えずにね。しかも、ただ金を積んで売れてる女優やモデルを起用するだけだ」

その言い方は明らかに険を含んでいた。皮肉めいた笑みは、柳多の柔らかな印象とのギャップから冷徹に感じ、背筋が凍った。

鈴音の心境を知ってか知らずか、柳多はふっと、親しみやすい雰囲気に戻る。

「商品なんて、どれも同じ。ローレンスという名前と、人気女優さえいれば安泰だと思っているんだろう」

「でも、忍さんはそうじゃないと思います」

鈴音は、忍が仕事の話をしていたときの眩《まぶ》しい表情が記憶に新しい。だから、光吉のように仕事をしていると思われるのは心外だった。

鈴音の鋭い視線を浴びた柳多は一驚したあと、ふっと目尻を下げる。

「もちろん。副社長は違う。彼は心からローレンスの商品を愛し、プライドを持っているよ」

柳多の反応に、深く安堵する。身近な存在の柳多が、もしも光吉と同じだという目で忍を見ていたなら、いた堪れない。

「だけど、もしも本当にそんな話が来ても、私はお断りします」

光吉が乗り気というなら到底、支持できるような気持ちにはなれない。憤慨する鈴音に、柳多は頬杖をついてニッと口の端を上げた。

「副社長が頼んだとしても？」

「えっ？」

柳多は鈴音が狼狽える様を優雅に観察し、数秒後に「ぷっ」と吹き出す。

「冗談。彼からはそんな話は聞いてないよ。ただ鈴音ちゃんは、どれだけ彼に従順なのかなと思って」

くすくすと笑って意地悪を言う柳多を、じとっと睨む。

「犬みたいに言わないでください。私だって、拒否することもあります」

「これは失礼」

鈴音の反応に、柳多は再び笑うだけだった。

柳多と別れ、しばらく街をぶらりと眺め歩いていた。忍には『買い物でもしている』と言ったわりに、鈴音の手にはショップバッグのひとつもない。

部屋を見てわかるように、鈴音は元々、物を必要以上に揃えない。雑貨や服飾にはそれなりに興味があるから、ショップを見て歩くのは楽しい。けれど、決して裕福な家庭環境ではなかったこともあり、昔からひとつの物を長く大事にする性格だった。

適当に歩き進めていると、鈴音が勤める東雲《しののめ》百貨店まで来ていた。

携帯を見ると午後四時過ぎ。ここを見て回ったらちょうどいいかもしれない、と正面玄関から足を踏み入れる。いつも裏口から入っているせいか、なんだかべつの場所に来たみたいだった。

そもそも、チェルヴィーノが入っているフロア以外には、ほとんど足を向けない。一階のコスメフロアの眩《まばゆ》さに目を細め、キョロキョロと辺りを見回した。

普段、使用している化粧品は、ドラッグストアで買い揃えている。これまでなら、一階は素通りだ。しかし今、ローレンスという文字を見つけ、そろりと近づいていく。

「いらっしゃいませ」

美しい美容部員を前に、思わず固まる。ぎこちなく会釈だけして、展示されているリップを端から眺めていった。自分も持っているリップを見つけ、手を伸ばす。

「リップをお探しですか？　お時間があるようでしたら、奥でメイクもできますので」

「あ、はい……」

鈴音がローレンスのリップを購入したのは、ネットショップだ。直営店は敷居が高い気がして、気軽に買えるネットを利用した。

今回、勇気を出して立ち寄ってみたが、やはり場違いな気がして委縮する。特に目的のものがあったわけではない手前、堂々と商品を見ることができないし、店員との間をどうしていいかわからない。

鈴音がちらっと目を向けると、美容部員はにっこりと笑った。

「お客様、とても肌がお綺麗ですね。化粧乗りもよさそうです」

「え？　いや、そんなことは……」

「もしよろしければ、私にメイクをさせていただけませんか？」

「は、はあ」

鈴音は雰囲気に呑まれ、奥の椅子までついていく。ニコニコ顔の美容部員を前に断れず、戸惑っているうちに、促されるまま席に腰を下ろした。

「リップをお探しでしたら、ちょうど限定商品がございますよ」

美容部員がいそいそとメイク道具を用意しているのを横目に、ようやく意を決して告白する。

「ごめんなさい。私、本当はリップを持っていて、今は必要ないんです」

冷やかしのつもりで入ったわけじゃない。けれど、どうにもばつが悪くて目を合わせられない。膝の上で拳を作り、視線を落とすと美容部員が朗らかに言った。

「そうなんですか。こちらこそ失礼しました。商品を見てくださっていたので、つい」

買う気もない客を相手にする時間は、はっきり言って無駄だろう。鈴音はそれを自覚しているから、平身低頭して返した。

「本当にすみません。なので、メイクしていただくのは……」

「どうぞお気になさらずに。実は、私がお客様にメイクをしたいと純粋に思っただけなんです。きっと新作のリップがお似合いです」

満面の笑みを向けられ、なにも言えなくなる。美容部員は鈴音の前髪をクリップで留め、タッチアップの準備をした。そして、緊張する鈴音の肌にコットンを滑らせる。

「仕事……お好きなんですね」

鈴音は目を伏せた状態で、ぽつりと口にした。

「販売は大変ですけれど、メイクをするのはとても楽しいですね」

美容部員はチークブラシで頬を撫でながら、声を弾ませた。

美容のプロに、メイクを施してもらうのは初めてだ。美意識が高くなくても、興味はある。鈴音は最後にリップを塗ってもらうと、期待を胸に鏡を覗き込む。

「うわあ……」

思わず声が零れた。ワントーン明るい肌。肌に映えるように入れたチークとアイシャドウが、ふんわり上品さを醸し出している。なんとなく苦手意識があって滅多に引かないアイラインも、プロの手にかかれば違和感もなく、魅力的にさえ見える。

「すごい。全体的に潤ってるっていうか」

「元々の肌質がいいからだと思います。やっぱり思った通り、コーラルピンクの口紅がお似合いですね」

コーラルといえば、以前、西城戸のパーティーで忍が見繕ってくれた系統のカラーだ。鈴音は、忍の見立ては間違いなかったのだと感服する。

「こんなに可愛い色、自分じゃ選ばないな」

事実、持っているローレンスの口紅はベージュ系だ。鈴音は鏡越しに自分の唇を見て、失笑する。

「私はすごくぴったりだと思いますけれど」

「……案外、大丈夫なものですね。ちょっと恥ずかしいですけど」

流されて答えたわけではない。本当に、意外に悪くはないと思った。

「お時間取らせまして、申し訳ありません。ぜひまたお立ち寄りくださいね」

そうして本当にただメイクをしてもらっただけで、鈴音は美容部員に見送られた。

鈴音は忍の言葉を思い出していた。彼が言う通り、ローレンスのビューティーアドバイザーは素晴らしい。店を去ったあとに心が温かくなるのは、接客に心がこもっていたからだ。

軽い足取りでエスカレーターに乗り、今度またローレンスへ出向いてコスメを買おうと心に決めた。

なんとなくチェルヴィーノに足が向き、五階で降りたところで、携帯が鳴る。高揚した気持ちを抑えるように、落ち着いた声で応答した。

「もしもし。お疲れ様です」

『今、終わった。出先から直接タクシーで向かう。どこにいる？』

スピーカーからは、忍の声が聞こえてきた。鈴音は壁際で立ち止まり、目と鼻の先にあるチェルヴィーノを見ながら答える。

「今はうちの百貨店です。チェルヴィーノに立ち寄ろうかと思っていたところで……」

『わかった。じゃあ、そこへ行く。すぐ着くと思うから』

「わかりました。お気をつけて」

「鈴音⁉」

通話を終えた瞬間、突然、名前を呼ばれ、顔を上げる。勤務中の梨々花だ。

「梨々花！　これから小休憩？」

「今、終わって売り場に戻るところなの！　それより、これっ！」

梨々花は偶然の再会にもかかわらず、緊迫した様子で腕を引っ張る。梨々花の態度に困惑していると、携帯をずいっと突きつけられた。鈴音は写真フォルダの画面に焦点を合わせ、目を凝らす。

「え？　なにこれ……」

梨々花の手から携帯を取り、写真を拡大する。画面には、とある週刊誌の画像が映し出されていた。

【ストーカーに襲われた婚約者　身を挺して守った副社長】

男女が並んで歩く小さな写真と、書かれた見出しを凝視する。

「さっき休憩室で見つけたの！　すぐに鈴音に電話したかったけど、もう時間がなかったから」

　興奮気味に話す梨々花の横で、鈴音は食い入るように週刊誌の記事を見る。

「小さな記事だけど、雑誌自体はよく見かけるものだし。目は隠されているけれど、親しい人が見れば、鈴音だってわかりそうだよ」

　梨々花は携帯を覗き込み、心配そうに眉をひそめた。鈴音は非現実的な出来事を前に、茫然とする。事件の直後、わりと早く事情聴取も済み、ほぼ終わったことだと思っていた。あとは、忍の傷が癒えるのを待つだけだとばかり……。

「でも……記事は嘘じゃないし、実名じゃなくて婚約者ってなっているなら、私はべつにいいけど……」

　文面を最後まで読めば、ローレンスの副社長だとわかりそうだ。記事の内容に悪意は感じられないが、ちょっと美化しすぎにも感じる。

「なんで言ってくれなかったの！」

「ごめん……」

「今までこんなの別世界の話だと気にも留めなかったけれど、まさか鈴音がそっち側の人間になるなんて。気をつけないと、偽装結婚だっていつ知られて騒がれるか……」

　梨々花は鈴音を心配するあまり、うっかり口を滑らせる。はっとしてすぐ黙ったが、もう遅かった。

「それ、やっぱり山崎さんだったの……?」

横から割り込んできた声に、鈴音と梨々花は肩をびくっと震わせる。鈴音は瞬時に携帯を胸に押し当てて隠し、顔を上げた。

「さ、佐々原さ――」

「俺も休憩中に雑誌見て……服装とか雰囲気とか似てるなあって」

しらを切るつもりでいたが、険しい顔をしている佐々原を前に、言葉が出ない。梨々花もなにも言えずに固まっている。すると、佐々原が梨々花を見た。

「ごめん。彼女とふたりにしてくれる?」

そう言われてしまうと、梨々花はその場から離れるしかなかった。無言で鈴音から携帯を受け取り、目配せをして売り場へ戻っていく。

鈴音は佐々原とふたりきりになって、しどろもどろになる。

「あの、これは」

「偽装結婚ってなに? もしかして、結婚って無理やり付き合わされてるの? なにか弱みを握られて?」

「ちっ、違います!」

「おかしいと思っていたんだ。そういう雰囲気はまったくなかったのに、急に結婚の話を聞かされたから」

力いっぱい否定したけれど、佐々原の先入観を覆すことはできない。

鈴音は、上司にどういう目で見られるかという焦りよりも、偽装結婚の事実が広まって忍が困ることだけを懸念していた。瞳を揺らし、どうしたら佐々原を納得させられるか懸命に思案する。だけど、焦れば焦るほどいい案は浮かばず、不穏な面持ちになっていく。

「ダメだって、そんなこと！」

佐々原は、正義に満ちた眼差しで訴え、鈴音の肩を掴んだ。身体を揺さぶられ、動転したそのときだ。

「鈴音」

その声は、一瞬で鈴音の心を落ち着かせる。

「忍さん……」

いつの間にか、鈴音の中で忍は不動の存在になっていた。忍に引き寄せられると、安心して気が抜ける。

「悪い、待たせたな。どうも初めまして。私は黒瀧 忍と申します。鈴音の上司の方ですね。鈴音がいつもお世話に――」

「そんな挨拶はいりません！」

佐々原は鈴音の腕を掴み、忍の元から離して鋭利な視線を向けた。

「知っているんですよ。あなたは彼女を利用しているだけなんでしょう？　大方、あの記事にあった事件で彼女に貸しを作って、首を縦に振らせたんじゃないんですか？」

「さっ、佐々原さん！」

鈴音の声など構わず、佐々原は続ける。

「理由までは知りませんけど、結婚相手が欲しいだけならほかを当たってください。それとも、そのときの怪我で彼女を一生、強請《ゆす》るつもりですか？」

忍は冷静穏便に済ませるタイプだ。しかし、珍しくむきになって、鈴音を奪い返す。

「なにを、どこまでご存じなのかは知りませんが」

忍の口調は変わらず丁寧。ただ、視線はとても好戦的だ。鋭い双眸を向けられた佐々原は、一瞬怯む。

鈴音が、上司として心配してくれている佐々原に申し訳ない思いを抱いていると、突然忍に左手を取られた。見上げた瞬間、驚愕する。

「えっ……」

声を漏らすほど驚いたわけは、佐々原が見ている前で、薬指に指輪をはめられたからだ。忍は鈴音を抱き寄せ、佐々原に権勢を誇示する。

「鈴音は俺の妻だ。誰でもいいわけでも、彼女を強請るつもりもない。あなたが介入する隙もない」

「な……なんだって?」

佐々原に牙を剥く忍の姿に驚倒する。これは演技で、佐々原を納得させるための嘘だと思っても、鈴音の胸は高鳴る一方。

「山崎さん、無理しないで」

佐々原は眉を寄せ、同情の色を浮かべて声をかける。鈴音は咄嗟に忍の腕を掴み、ゆっくり忍を見上げた。自分の左手に視線を滑らせ、薬指に光る指輪を瞳に映す。

契約のしるし。そこに本物の愛はないけれど、輝くプラチナに縛られることに、抵抗はなかった。

「佐々原さん。これは、私の意思です。彼と一緒にいたいんです」

鈴音は迷いのない顔で、はっきりと答えた。凛然とした態度には、佐々原だけでなく、忍まで目を奪われる。

「変な誤解と、ご心配をおかけしてすみません。失礼します。行きましょう、忍さん」

鈴音は整然と礼をすると、忍の腕に手を添え、佐々原に背を向けた。

　鈴音はエレベーターのボタンを押し、正面を見て尋ねた。

「週刊誌のこと……いつからご存じだったんですか？」

忍は階数ランプを見上げる鈴音に、ひとつ息を吐いた。

「三日くらい前か。鈴音のことを思えば差し止めたかったんだが、俺のところに話が来たときにはもう遅くて……。むかつくのは、親父がいい宣伝だと言って喜んでいやがることだな。ああ、モデルの候補に挙がっていたのは即却下しておいた」

鈴音は辟易する忍を見て、ぽつりとつぶやく。

「さっき梨々花にも話していたんですけれど、私は平気です」

「俺は不本意だ。鈴音をこんなふうに利用したくはなかった」

返された言葉に、忍を凝視する。自分の目的達成のため、偽装結婚をしようと持ちかけた人間が『利用したくはなかった』と言うのだから苦笑した。

忍は一歩前に出て鈴音の真横に並び、階数ランプを見上げたまま言う。

「今日、無事に受理されたと柳多が言っていた」

「え？」

　ぽかんとする鈴音を横目に、数秒置いて言いづらそうに切り出した。

「鈴音が言い出したんだろ。八月八日がいい、と。今日は八月八日だ」

「八月八日……あっ。え？　本当に？」

　それは以前、鈴音が話の流れで言っていたこと。忍に入籍日の希望を問われ、八月八日と返答した。

　そんなことはすっかり忘れていたし、そもそも、あのあとすぐに婚姻届は出されていると思い込んでいた。

　鈴音は茫然として、自分の左手に視線を落とす。

「まあ、事情がある結婚だし、わざわざ鈴音を行かせなくてもいいかと思って、柳多に頼んだ」

　べつに忍はおかしなことを言っていない。むしろ、忍らしい考え方だ。けれども改めて〝形式上の関係だ〟というニュアンスで言われると、悲しさが過った。

　――『これは、私の意思です。彼と一緒にいたいんです』

　鈴音は、佐々原に宣言したときの気持ちを呼び起こす。あのとき言ったことは本心で、他人に公言したことを後悔などしていない。

　鈴音が考えに耽っている間に、エレベーターが到着していた。先に乗っていた忍は、一歩戻って鈴音の腕を引く。

「これでもう、俺の妻なんだから、よそ見をするな」

鈴音のつぶらな瞳には、精悍な顔つきの忍が映っている。ドアが閉まってエレベーターが下降する中、ふたりは静かに見つめ合う。

「イメージモデルなんて言語道断だ。鈴音の魅力は俺だけが知っていればいい」

出会った頃なら今の忍のセリフは、傲慢な言葉を浴びせられた、と嫌悪感を抱いただろう。しかし現在は、彼の一挙一動に翻弄されつつ、その動悸に心地よさを感じている。

「ところで、そのリップは昼間会ったときと違うよな？　メイクもいつもと違う」

「あっ。さっき、ローレンスの販売員の方が選んでくれて、メイクも……」

いつもと違うメイクを、誰かに見てもらってドキドキするのは初めてかもしれない。

すると、忍に顎をクイと上向きにさせられ、鈴音の心臓が早鐘を打った。

「うちの社員はさすがだな。鈴音に似合っている」

忍はまじまじと見た直後、わずかに口角を上げ、極上の笑みを見せた。

タクシーを降りると、目の前には風格あるたたずまいの日本料理店があった。ここは、すぐに予約を取ることができないほど人気の老舗《しにせ》店。

それをメディアで見て知っていた鈴音は、席をあらかじめ用意してくれていたことに驚いた。なぜなら、忍は本当に元から定時で切り上げ、食事をする予定でいたことになるからだ。

初めは、忘れ物を届けたお礼で食事に誘われたと思っていた。そうではないとなると、浮かんだ理由は〝入籍日〟。鈴音は一瞬淡い期待を抱いたが、忍ほどの人なら当日予約を入れることなど容易かもしれないと思い直し、期待を捨てようとした。

美味しい料理を食べて楽しい時間を過ごし、忍のマンションに帰宅したのは約二時間後。

「家で飲むコーヒーが一番落ち着くな」

忍はソファに座ってコーヒーに口をつけると、シャワー上がりの濡れた髪をかき上げて口元を綻ばせる。スーツ姿の忍も大人の色香が漂うが、自宅でリラックスしているときは、それ以上の色気を感じられる。

鈴音はドキドキして直視できず、忍と同じ方向を見てラグに腰を下ろす。カップに手を伸ばそうとしたとき、忍に腕を掴まれた。

「なにをしている？　前にも言ったはずだ。ソファは座るためにあるものだって」

「す、すみません」

半強制的にソファに座らされた直後、はっとして身体ごと忍に背を向けた。

「……で？　次はなんだ」

忍のため息交じりの呆れ声に、ごにょごにょと言い淀む。

「いや……今日は特別なメイクだったので、すっぴんとのギャップが大きいかと……」

鈴音はあからさまに顔を背ける。

「今さら、なぜ隠す必要がある？　もう何日一緒に過ごしていると思ってるんだ」

「それはそう……なんですけど、販売のプロの方のメイクのあととなると……」

一度気になってしまったら、なかなかすぐには開き直れない。動揺していると、ふいに肩に手を置かれ、心臓が大きく跳ねた。

「鈴音、こっちを見ろ」

全身がドクドクと脈打つ感覚でいると、今度は頬に触れられた。ゆっくりと忍のほうを向かされ、堪らず目線を落とす。忍の視線を感じ、胸が甘くしびれていく。

鈴音の頬は真っ赤に染まり、ドキドキするあまり瞳が潤んだ。

「べつに気にしなくても、肌も唇も綺麗だ。鈴音は変わらないよ」

忍は鈴音をまっすぐ見つめ、柔らかく目を細めた。鈴音はいつも涼しげな目をしている忍の、ふいに見せる温かな眼差しが好きだ。きゅうっと胸がときめく。

「かっ、変わりますよ。ああ、メイクを落とすの、もったいなかったなあ」

プロのメイクは、見た目だけではなく心境も変化させられた。鏡やショーウインドウに映った自分を見るたび、足取りが軽くなり、笑顔が零れた。そんな魔法のような時間を経験し、感動した。

「そんなふうに言われたら、その社員もビューティーアドバイザー冥利に尽きるだろうな。親父が選ぶモデルの中には、メイクしてもらって当然だって顔をしているやつもいるから」

忍が光吉の話をするときは、必ず棘《とげ》がある。鈴音はとうに気づいていたが、今まで触れられなかった。だけど今日は、プロのメイクに前を向く力をもらったおかげか、自然に聞ける。

「忍さんはお父様と……折が合わないんですか？」

忍と過ごすにつれ、利己的になにかを企てているようには思えなかった。そうかといって、単なる父親への反発心という感じもしない。

忍は長い足を組み、おもむろにソファの背にもたれ、一笑する。

「嫌いだよ。愛人は途切れないし、経営も売上至上主義で、本当の利益が見えてない。父としても社長としても好きじゃない」

鈴音は冷淡に話す忍を、黙って見つめる。数秒沈黙が続いたが、忍がカップから立ち上る湯気をぼんやり眺めて、口を開いた。

「俺は主要都市だけじゃなく、世界の小さな街の人にもローレンスを知ってほしい。そのためには、ここでローレンスをつぶすわけにはいかないんだ」

忍の瞳は、情熱に満ちている。鈴音はもっと忍の本音に触れたくて、さらに尋ねた。

「それは、私利私欲のために？」

そうでないと信じている。だけど、鈴音は会社での忍はどんな人間かを知らないから、本当のことがわからない。

緊迫した空気の中、忍は失笑した。

「鈴音は直球だな。まあ、そう言われたらそうなのかもしれない」

『違う』と否定してほしかった鈴音は、ショックの色を隠せない。言葉を探していると、ポンと頭に手を置かれた。

「すでにアメリカをはじめ、中国や韓国などには事業所を置いているし、今後も発展させていく。それは必要なことで、やり甲斐もある。ただ、東南アジアを訪れたとき、困窮した国へも届けたいと思った。それがたとえ、大きな利益にならないとしても」

忍は再びカップを口に持っていき、カチャッとソーサーに戻した。

「こんなこと、親父に話せばもちろん大反対だな」

「儲《もう》けが微々たるものだから？」

「まあね。〝無駄〟のひとことで終わるさ。じゃあ、俺が優位に立てばと考えたところで、今はまだ株主の半数以上が親父を支持する人間で占めている。解任どころか経営権も握れない」

鈴音は、忍が皮肉めいた笑みで言い捨てたことに違和感を抱いた。

それを言うなら、忍も無駄なことはしない主義のはず。根本的なところが一緒であれば、大抵同じベクトルを向く。そうならないということは、忍は儲け主義の光吉とは違う。

「その目標は、なにか具体的なきっかけがあったんですか？」

鈴音が尋ねると、忍は鈴音を一瞥するだけで口を噤む。

「あ……言えないことでしたらいいんですけれど」

忍は狼狽《ろうばい》する鈴音の手元に、視線を落とす。おもむろに左手を取って、親指で指輪をなぞった。鈴音は、動揺はしたものの、されるがまま。

「化粧をしてもらって、綺麗になった自分を見たときの喜ぶ顔が忘れられない。あんな笑顔にできるなんて、すごいことだと改めて気づいた日から、ひとりでも多く心を明るくさせたいと思った」

繋がった手から、忍の感情が流れ込んでくる感じがした。指先の温もりは、忍の心の優しさを表しているようだ。

「できるなら自分のやりたいことをしたいだろ？　黙って諦めるわけにはいかない。それが実の親と対立することだとしても」

忍が顔を上げ、鈴音の目をまっすぐ捕らえた。光が宿った瞳は、冷淡や強引、傲慢などの単語にそぐわない。歪んだ欲望なども微塵も感じさせない。情熱的で少年のように純粋だ。

忍の魅力に惹《ひ》きつけられていると、すっと手が離れていく。

「なんて言って、親父の言いなりになるふりをして、余計な争いを避けて一刻も早く自分に有利にならないか、虎視眈々《こしたんたん》と狙っている狡《ずる》い男だよ。鈴音には本当に悪いと思っている」

忍は頬杖をつき、鈴音の顔を下から覗き込んで、くしゃくしゃと前髪を乱す。

忍を特別視した時点で、約束を反故することになる。もはや、忍が『悪い』と思う義理もないのだ。鈴音は忍に秘密を抱えている。初めは小さかった気持ちが大きくなるにつれ、胸が軋《きし》む。忍に触れられた髪を掴み、静かに俯いた。

鈴音が洗面所から部屋へ向かうと、ちょうど書斎から出てきた忍と遭遇した。

「そろそろお休みになるんですよね？」

「そうする」

鈴音はどぎまぎする。さっき、今日から別々に寝る、と昨日メモに書いたことを思い出したせいだ。考えたら、今日は一日いろいろとあって、その件についてまだ一度も触れていない。

忍のあとに続き、部屋の前で別れるシミュレーションをするうち、とうとう自室まで辿り着いてしまった。

「あの、それじゃあ」

先を歩いていた忍は鈴音の声に振り返り、きょとんとする。

「ああ。そうか。そうだったな……」

忍は思い出した素振りを見せたが、寝室に入らず立ち止まったまま。鈴音は先に部屋に入るわけにもいかず困惑していると、忍がはっとして言った。

「そういえば、さっき部屋に入ったら、鈴音の手帳が置きっぱなしだったな」

「えっ。あ……！」

午前中は、USBを見つけて届けることになった。急いでいたため、サイドテーブルに放置していたのだ。うっかり開きっぱなしでいないか心配になる。

「待ってろ。今、取ってくるから」

忍が寝室に入ったあとで鈴音も遠慮がちに足を踏み入れ、ドアから一、二歩のところで足を止める。

「ほら」

「すみません。ありがとうございます」

渡された手帳がきちんと閉じていて、ほっとする。

「そういえば、インクの色が珍しい色に変わっていたな」

「え？　ああ、最近変えたんです。鈍色《にびいろ》なんですけれど、落ち着いた色合いがすごくよくて気に入ってます」

鈴音は再び手元に目を落とし、ペンホルダーに入れている愛用の万年筆を見て微笑んだ。昨日のメモから、鈍色のインクを使っている。忍の発言から、メモはきちんと見てくれたのだとわかった。

会話が止まったところで挨拶をしようと、ゆっくりと視線を上げる。しかし、目を合わせられず、忍の高い鼻梁で止まってしまった。

「じゃ、じゃあ……おやすみなさい」

ぎこちなく頭を下げ、踵を返した。刹那、左手を掴まれ、目を剥いて振り返る。

「まだ少し、話がしたい」

ありえない展開に、鈴音の頭の中は真っ白だ。瞬きさえ忘れ、忍を見つめる。

「さっきの親父絡みの面白くもない話が最後だと、寝つきが悪そうだ」

忍は鈴音の手を離さず、わずかに目を泳がせて言い訳を口にする。

「で、でも……」

戸惑う鈴音をよそに忍は手を引いて、ベッドサイドに腰を下ろす。鈴音は、今にも口から心臓が飛び出そうだ。

「気にしなくても、きみの寝相の悪さにはもう慣れたし」

「ごっ、ごめんなさい」

鈴音は自分の寝相には、朝目覚めては何度も青褪めた。やはり気づかれていたとわかれば、赤面して深く下げた頭を簡単には戻せない。

「いや。心地よさそうな鈴音の寝顔を見ると、俺もよく眠れたから」

忍は鈴音の旋毛を見つめ、柔らかな声音で言う。

「おいで」

そっと顔を上げた先で、忍が優しく目を細めている。握られた手にいざなわれ、忍の隣に腰を沈めた。


その夜は鈴音の学生時代や仕事のことなど、本当に些細な話をした。部屋に戻るタイミングを掴めず、そのまま眠る流れになった。鈴音は先に寝息を立てる忍の背中を見て、そっと身体を起こす。

【婚姻届が受理された。相手は、まだ出会って間もない人――。だけど、心のどこかで彼でよかったと思ってる】

鈴音は手帳に書き綴ると、すぐにサイドランプを消した。

もう二度と一緒に寝ることはないと思っていた。

鈴音は誰かに弁明するかのごとく、『きっとこれが最後だから』と心で唱え、ベッドに横になった。

秘めごと

　柳多が昼過ぎに副社長室へ訪れていた。まだほかの社員は昼休憩の最中だという時間に、忍はすでにデスクに着き、パソコンを眺めている。

　頬杖をついている忍の左手を見て、柳多が言う。

「その指輪。鈴音さんにつけてもらったんですか？」

　突拍子もない発言に、忍は思わず口をぽかんと開けて固まった。柳多を見上げ、数秒置いてひとこと返す。

「まさか」

　柳多は忍に鼻で笑われても動じない。眉ひとつ動かず、柔和な面持ちのままだ。

「ご自分で結婚指輪をはめるなんて、それほど虚しいことはないでしょう。結局、指輪もご自身でショップに足を運ばれたのに……」

　柳多の話は事実だが、忍にとっては触れてほしくない話だ。自分でも〝らしくない〟ことをしたと自覚している。

「もう黙れ」

「なかなかお似合いですよ。その指輪」

恥ずかしさをごまかすよう鋭い声で一蹴したが、柳多が相手では通じなかった。

忍と柳多の付き合いは、忍が社会人になってからではない。それよりも前からだ。忍が高校二年生のときに、柳多はローレンスの秘書室に配属された。当時二十三歳の柳多は、秘書の仕事が初めてとは思えないほど資質があり、瞬く間に仕事を覚えた。

社長である光吉の仕事をサポートする機会が格段に増え、同時に忍と顔を合わせることも多くなる。その頃からふたりは波長が合い、親睦を深めてきた。忍が大学を卒業し、ローレンスに就職すると、いっそう柳多とのかかわりが濃くなった。

そして現在、秘書室長になっている柳多が主に補佐しているのが、光吉と忍だ。

「ところで、急なのですが、先ほどジュリアットの会長と連絡を取りまして、本日のお約束が取れましたよ」

「ああ……」

柳多が表情を引きしめ、スイッチを切り替えて仕事の報告をする。けれども、忍の反応がいまいちだ。

「どこか覇気が感じられませんね。新婚ボケですか?」

憤りを見せた柳多に、忍は椅子を半回転させてタブレットを見て答える。

「その話、しつこいぞ」

「すみません。けれど、ジュリアットは我が社の大株主ですよ。この機会をものにしてください。総会まで二ヵ月を切っていますし」

ため息交じりで窘められた忍は、柳多と一度も目を合わせずに、淡々と尋ねた。

「わかってる。約束の時間は？」

「ディナーを兼ねて、本日午後七時です」

柳多が間髪容れずに答えると、忍は腕時計を見て小さく息を吐いた。おもむろに前傾姿勢を取って、デスクの端に置きっぱなしの携帯に手を伸ばす。柳多は携帯を操作し始める忍を見て、「ふっ」と笑い声を漏らした。

「ずいぶん気遣っていますね。その様子だと、指輪に気づいた社員たちが『副社長は愛妻家』と騒ぎ出すのが目に浮かびます」

「よく言うよ。自分も鈴音に余計なことを言ったんだろう？」

忍は柳多の冷やかしに、嫌味で返した。

「ああ。この間、彼女が昼食を持ってここへ来てくださったときの話ですか」

それは、鈴音が初めてこの場所に訪れたときのこと。柳多が『夫婦のように仲良くすることは必要』と吹聴した話だ。

「あまり鈴音を振り回すようなことは控えてほしい」

忍が辟易して言うと、柳多は片眉を上げ、鼻先で笑った。

「そういうことをおっしゃるようになるとは思わなかったもので。それがわかっていたなら、あんなことをわざわざ提案しませんよ」

「どういうことだ？」

忍は軽く眉根を寄せ、不機嫌そうに尋ねる。

「つまり、俺はきみを信じているっていうことだよ」

柳多は狼狽えることもなく、うっすら笑みを浮かべて答えた。


同時刻。休憩に入るところだった鈴音は、従業員用通路に入ってすぐ、携帯を手にする。忍からの【今夜は遅くなる。食事もいらない】というメッセージを確認し、携帯をしまった。

ふと、左手の薬指に目を落とす。昨日、忍からもらった結婚指輪。それをじっくり見たのは今朝のことで、改めて分不相応だと肩を竦めた。

小粒のダイヤモンドが途切れることなく並んでいる、エタニティリング。ゴージャスだけれど、派手に見えないのは華奢《きゃしゃ》なラインのおかげだ。

夫婦を演じるためだけにしては高価そうな指輪に、嘆息を漏らす。そうして、疑問が浮かんだ。なぜ、サイズがぴったりだったのだろう。それと、忍も指輪をつけているのだろうか、と。

鈴音は立ち止まって指輪を見つめていたが、ほかの店の従業員が通りかかって、咄嗟に左手を隠した。すれ違う男性従業員を横目に見て、佐々原を思い出す。

昨日の今日で気まずいけれど、現実的に避けられない。平常心を心がけて出社したものの、佐々原は午前中に支店長と打ち合わせのため、売り場には顔を見せなかった。公休の梨々花からは、昨日、佐々原に知られてしまったことへの謝罪と、近々ゆっくり食事でもして話をしたいとメッセージが届いていた。

ちょうど今夜は、忍の帰りが遅い。鈴音は、梨々花を今夜食事に誘ってみようかと、再び携帯を操作しかけたところで、正面から声をかけられる。

「山崎さん」

「さっ、佐々原さん……！」

「お疲れ様。これから休憩？」

ふいうちの遭遇に、心の準備もできておらず、しどろもどろになる。

「は、はい。接客していて、ちょっと予定より押してしまって」

「そっか。売り場は気にせず、ちゃんと休憩しておいで」

鈴音はもう一度「はい」と答え、ぎこちなく頭を下げた。佐々原を横切って、立ち去りたい気持ちだったが、昨日の件をうやむやにすることはできない。

どう切り出そうかと悩んでいると、佐々原が言った。

「あのさ。山崎さん、今夜予定ある？」

鈴音は目を丸くした。佐々原は、真剣な顔つきで鈴音を見つめる。

「少しだけ、話できない？　余計なお世話かもしれないけれど、俺、やっぱり昨日のことが気になっているんだ」

「ありがとうございます。だけど、本当に大丈夫です」

「大丈夫なわけないだろ！」

温厚な佐々原が声を荒らげ、鈴音は肩を上げる。佐々原は、「ごめん」とばつが悪い表情をして視線を落とす。

「だけど、冷静になって。結婚って、そんな安易にしちゃいけないでしょ。本当に好きな人とするものだって」

佐々原に言われて、胸に鈍い痛みを感じる。

――『好きな人とするもの』

そのひとことが、鈴音の心に深く突き刺さる。

「俺、山崎さんが好きなんだ。だから、そんなおかしなこと放っておけない」

突然の佐々原からの告白に、驚愕する。佐々原の気持ちは素直にうれしく、心配してくれる優しさには、胸が温まる。だが、佐々原の思いを受け入れる余地はない。

鈴音の頭に浮かぶのは、忍だけ。

「ありがとうございます。……ごめんなさい」

鈴音は深く頭を下げ、静止する。

「彼と結婚をして後悔はないんです。常識から外れていると、わかっています。でも、私は現状に満足しています」

昨夜、忍の夢を聞いた。形だけの夫とはいえ、誇らしく感じた。支えてあげたいと自然に思った。あの瞬間、確かに忍と一緒にいられることがうれしいと感じた。

鈴音はゆっくりと身体を起こし、佐々原とまっすぐ向き合う。

「佐々原さんの気持ちは、とてもありがたいです。頼みごとをするような立場ではないと重々承知していますが……どうか、この件は佐々原さんの胸の内だけに留めておいていただけませんか」

鈴音の心を決めた表情に、佐々原はなにも言えない様子だ。交錯させていた視線を先に逸らし、項垂れて失笑する。

「前に頼まれていた結婚手続きの必要書類のリスト……総務に連絡してあるから。数日中に返事が来ると思う」

鈴音は佐々原を見上げ、もう一度頭を下げる。

「どうもありがとうございます」


仕事のあとは、梨々花と食事をした。終始「ごめん」と泣きつく梨々花を宥め、別れるときには梨々花も気持ちが落ち着いていたようで、ほっとする。

家路についた鈴音は、空を見上げる。忍の思い描く未来を聞いて、なんだか幸せな気持ちが満ちた。けれど、その未来に鈴音は存在しない。

「ただいま……」

真っ暗な玄関でつぶやき、電気をつける。この家に帰り、『ただいま』と言うのもようやく慣れてきた。だが、まだくつろぐほどには至らない。

自室にカバンを置き、タオルを持って浴室へ向かう。シャワーを浴び終えて、リビングに足を踏み入れた。忍がいないのに、相変わらず鈴音はソファの端に座る。

明日が休みと思うと、一気に気が抜けた。なにより、鈴音にとって入籍がひとつの山場だった。それが済んだ今、脱力する。

あとは忍の迷惑にならないように、妻を演じるだけだ。華やかなイメージの会社なうえ、立場上お披露目パーティーでもするんだろうかと悩みは尽きない。

一難去ってまた一難だ、などと指輪を見つめて考えていたら、いつしか目を閉じ、数分も経てば完全に眠りに落ちてしまった。


約一時間後。すっかり熟睡していた鈴音が、夢で違和感を覚え、うっすら瞳を開けた。一番に目に飛び込んだのは忍の顔だ。けれど、いつもと角度が違う。

直後、目が覚め、頭を起こす。

「忍さん……？　え？　帰っていたんですか？　や、ていうかこれっ……」

重力に逆らって浮いた身体、いつもよりも高い視界。忍に真上から見下ろされ、パニックに陥る。不安定な体勢だけれど、忍に抱え上げられているため、立て直すこともできない。

「きみは俺がいなくても、あんなふうに隅に丸まってるんだな」

呆れ声で言う忍の表情は穏やかだ。鈴音はまだ混乱していて、なにを優先していいのか判断がつかない。

「えっ？　だって……って、それよりも、傷がっ」

　とりあえず、忍の怪我を思い出し、慌てふためく。忍は自分の腕の中でおろおろとする鈴音に、平然と言う。

「そう思うなら暴れずにいてくれると助かるんだけど」

　鈴音は途端におとなしくなる。忍の傷を心配する傍ら、彼との距離を過剰に意識していることを自覚し、恥ずかしく思う。忍の様子をちらりと窺っても、緊張している様子もない。単純に、眠ってしまった子どもを移動させているのと同じ感覚なのだろうと、肩を窄めた。

「お、下ろしてください……本当にすみません」

「床に下ろすより、ベッドに下ろしたほうが傷に響きづらい」

「そっ、そんな」

　そうこうしているうちに、忍の寝室に辿り着く。忍がおもむろに鈴音をベッドに下ろすと、わずかに眉を寄せた。

「ご、ごめんなさい。本当に」

　鈴音は忍の顔を覗き込んだとき、自分の身体にかけられていたブランケットに気づく。ブランケットを手繰り寄せ、小さな声で言った。

「これ……忍さんがかけてくれたんですよね？　それだけで十分だったのに」

「そう思ったんだが、ソファから落ちるのを想像してしまった以上、知らないふりはできなくなって」

鈴音はさらに顔を真っ赤にし、俯いた。

「あの……指輪を眺めていたら眠ってしまって。こんなに豪華なもの、私にはもったいないなあって……」

鈴音はもごもごと説明しつつ、隣に腰を下ろした忍の左手を見て目を剥いた。

忍の薬指には、シンプルなストレートのプラチナリングがはめられている。急に夫婦を実感し、胸が高鳴る。

「鈴音の華奢な指に似合っている。それに、そのくらいのものをつけていれば、客からも憧れの対象になるだろう。いっそう商品を魅力的に感じてもらえるかもしれない」

鈴音はネクタイを緩めながら答える忍の横顔を、じっと見つめる。

「なに？」

「どうしてサイズがわかったんですか？」

なんだか無性に知りたくなった。忍は数秒鈴音と視線を交わらせてから、ふいっと顔を戻した。しゅるっと音をたて、ネクタイを外すと、その場に立ち上がる。それから、ソファに脱ぎ捨ててあった上着の上に、ネクタイを投げ置いた。

「以前、柳多と服を買いに行ったことがあっただろう。アクセサリーも用意していたはずだ。そのときの情報を柳多が教えてくれた」

「あ……柳多さんが……」

鈴音は拍子抜けした声でつぶやく。忍がワイシャツのボタンに手をかけて言った。

「柳多は、性格はあれだが、仕事はできる。おかげで手間が省けただろう」

忍は、なんの気なしに笑って口にしたが、鈴音は軽くショックを受けた。

忍の言いたいことは理解している。婚姻届のときも同じようなことを言っていた。偽装結婚のために、わざわざ指輪を選びに店まで足を運ばなくても済んだだろう、ということだ。

「なくてもよかったのに……なんて、そんなことは許されないですもんね」

鈴音が苦笑を浮かべ、ぽろりと零す。どうせすぐ不要になるものなのに、費用も時間も無駄にさせた気がしてならなかった。

「どうしても嫌なら、普段はつけなければいい」

「そんなこと……。忍さんだってつけてくれているんですよね？　それなら、私がつけないのはおかしいじゃないですか」

忍に素っ気なく返され、動揺する。指輪をつけたくないわけではない。ただ、左手を見れば複雑な心境にはなる。

鈴音は膝の上に置いた自分の手を見つめ、つぶやく。

「……忍さんは、こういうの嫌がるかと思っていました」

もちろん忍を縛るつもりなど毛頭ない。けれど、忍が窮屈なのではないかと考えた。

「柳多が言っていたんだろう？」

咄嗟に顔を上げたものの、はだけたワイシャツ姿の忍に、慌てて視線を逸らす。

「な、なにをですか？」

「夫婦らしく、と。指輪は一番簡単で効果的だろ」

忍は開きっぱなしのドアから廊下に足を踏み出し、淡々と口にした。ベッドの上で動かぬ鈴音を一瞥する。

「一応、形だけでも式もしなくちゃならない。それについても話をしたいから、そのままそこにいろ」

「えっ……」

「寝るまでまだ少し話はできるだろ？　時間は有効に使わないとな」

鈴音はベッドの上で正座して、ぽかんと忍を見る。けれど、忍は目を合わすことなく、浴室へ向かって行ってしまった。

「式……」

想像はしていたけれど、実際にその単語を聞くと、本当にするのかと茫然とする。そして結局今夜も、鈴音は自室に戻るタイミングを逃し、忍の部屋で一夜を過ごしてしまったのだった。


気を張って寝ていたからか、翌朝は早起きをした。忍に朝食を出し、仕事へ行くのを見送る。

そのあと、淡々と家事を終わらせたときに携帯が着信を知らせる。鈴音はカバンから携帯を取り出し、ディスプレイを見て凍りついた。表示されているのは、登録外の携帯番号だ。

山内のことはまだ記憶に新しい。あのあと、忍が顧問弁護士を通し、鈴音にとって最善となるよう動いていると知っているものの、軽いトラウマだ。この着信が山内からではないとわかっていても、電話を取るのを躊躇った。

それから三回、着信音が繰り返され、電話は切れた。手の中で静まり返った携帯には、【不在着信】と表示が残っている。それを見つめ、悶々とした。

出なかったら出なかったで、相手が誰だったのか気になる。しばらくその場で考え込んでいると、再び着信が来た。携帯を滑り落としそうになるほど驚いたが、表示されている名前を見て安堵する。

「もしもし」

『おはようございます。柳多です。今、お時間よろしいですか？』

相手が柳多とわかれば、リラックスして応対する。

「はい。どうかしましたか？　またなにかお届け物があるとか？」

『いえ。先ほど、べつの番号から着信がありましたよね？』

「えっ！」

柳多の言葉を聞いて、一瞬息が止まった。

『実は、ある方からどうしても鈴音様とお話ししたいとお願いされまして。私の独断で、鈴音様の連絡先を教えてしまったのですが、よく考えてみたら警戒されるだろうな、と』

柳多の説明を耳に入れ、誰がそんな依頼をしたのかと思考を巡らせる。鈴音の頭に真っ先に浮かんだのは、忍の母・桜子だ。

「あの、それって……」

『こちらの都合で急いでいたとはいえ、考えが及ばず申し訳ありませんでした。今、その方と電話を代わります』

言下に用件を言われ、急な展開に動揺する。柳多に一方的に電話を取り次がれ、鈴音はそわそわと部屋を動き回る。

『もしもし。突然ごめんなさい。明理です』

鈴音は『明理』と聞いて絶句した。予期せぬ相手に、頭の中が真っ白になる。

『さっきは驚かせてすみません。私が無理を言って、鈴音さんの番号を柳多さんに教えてもらったんです。あの、ご都合のいいときにお会いしたいな、って』

「そうだったんですか……。ええと。一応、今日が休みで……」

『まあ。では、これからお会いできませんか?』

「はい。大丈夫ですけれど……」

いったい、明理が会いたい理由はなんだろうか。

鈴音はそればかり気になるも、電話ではうまく質問できない。

『十二時頃に池袋《いけぶくろ》はどうでしょうか。一緒にランチしましょう。あ、そうそう。すみませんが、このことはまだ兄には秘密でお願いします。では、のちほど』

スラスラと必要事項を伝えられ、最後は相槌も打てなかった。

鈴音は通話を終え、慌てて出かける準備を始めた。


「お義姉さん」

駅の改札口を出ると、明理に可愛らしい声で呼ばれた。鈴音はすぐさま駆け寄り、あたふたと言う。

「あ、あの……その、お義姉さんっていうのは……ちょっと」

「ダメですか?」

「あ、いや。ダメっていうか」

明理の悲しそうな瞳を見て、心が痛む。鈴音の立場は、『お義姉さん』と慕ってくる純粋な明理をも騙している。鈴音は明理にどんな心持ちで接するべきか、考えがまとまらない。

「私、ずっと姉が欲しいって思っていたので、すごくうれしくて」

明理に清らかな笑顔で言われ、ますます良心の呵責に苛まれる。鈴音は懸命に笑顔を作り、たどたどしく話しかける。

「今日は学校、お休み? あ、というか、まだ学生さん……だよね?」

「そういえば、そこまできちんとご挨拶していませんでしたね。はい。私は今、十九歳で藤美ヶ丘《ふじみがおか》女子大学二年です。今日の講義は一時限目だけだったもので……。本当、突然ごめんなさい」

「じゅ、十九……！　じゃあ、忍さんとはずいぶん……」

忍との年の差は十四だ。パーティーでは堂々としていたし、二十歳は過ぎていると思い込んでいた。さらに、藤美ヶ丘といえば有名な国立の女子大だ。聡明なイメージ通り、頭脳も明晰《めいせき》なのだと感嘆の息を漏らした。

「お義姉さんともっと話してみたかったので、お誘いしてしまいました」

背中まであるストレートのロングヘアは、艶やかで綺麗な黒髪。眉の少し上で整えられた前髪の下には、くりっとした瞳があって、とても愛らしい。人形のような明理に、『もっと話してみたかった』と言われると、照れてしまう。

「お義姉さんは、なにが好きですか？　まずどこかお店に入りましょう」

「私はなんでも大丈夫なので、明理さんの好きなところで」

「そうですか？　じゃあ、この近くによく行くお店があるのでそこにしましょうか」

明理は鈴音を近くのカフェまで案内する。

ふたりはランチセットをオーダーし、飲み物が来ると、それぞれ口をつけてひと息ついた。明理はストローをクルクルと回し、ふいに苦笑した。

「兄はお義姉さんの前では口数が多くなりますか？　家族とは必要最低限の会話しかない感じなんですよね」

「え？　いや……きっと同じじゃないかな」

鈴音は首を傾げ、これまでの忍を思い出す。鈴音に対しても、それこそ話は必要最低限だったし、それ以外に進んで話題を投げかけてくるタイプではない。

「そうなんですか？　てっきりお義姉さんには違うものだとばかり」

明理に言われ、確かに最近ではそれなりに会話が増えた気もする。鈴音が考え込んでいると、明理は寂しそうに笑った。

「家族の中では兄だけが無口なほうで。私はもっと話したいんですけどね。なんだか兄に距離を置かれている気がして」

忍はわかりやすい表現はしない人だけれど、優しい。こんなに素直で可愛い妹を敬遠するとは思えない。

「どうしてそんなふうに思うの？」

不思議に思って尋ねると、明理は目を丸くする。

「兄はお義姉さんにも言っていないんですね」

明理が急に深刻になった。これまで、終始笑顔が絶えなかったのに、よっぽどのこと話したら、明理はさらりと告白する。

グラスの氷が、カランと崩れる音のあと、明理はさらりと告白する。

「私、兄と半分しか血が繋がっていないので」

「えっ……」

「異母兄妹なんです。私が父の愛人の子で。中学一年のとき、生みの親に捨てられそうになった私を父が引き取ったんです」

鈴音は頭の中が整理できない。ふと、実家に挨拶しに戻った日のことが脳裏を過った。あの日の帰り道、忍と明理はあまり似ていない気がする、と話したら、忍は『さあな』と言うだけで素っ気なかった。

あのとき、忍はいったいどんな気持ちでいたのか。

鈴音が言葉に詰まっていると、明理が気遣って明るい声を出した。

「正直に言うと、父に対してはいい印象はありませんけれど、基本的には優しいので。まあ、それが不特定多数っていうのがそもそも問題なんですが。自分の父をこんなふうにしか説明できなくて、お恥ずかしい限りです」

こんな話を冷静に説明できる明理の度胸と柔軟な性格は、彼女の生い立ちによるものだろう。鈴音も両親の離婚を経験しているが、母親から大事にされていた。鈴音は捨てられるかもしれない不安など、一度も感じたことはない。

「今の母も優しいし、私は幸せです。兄さんも優しい人だって知っています」

きっと、明理は同情は求めていない。わかっていても、言葉にならない思いが胸に溢れる。唯一、救われるのは、明理が『幸せ』だと微笑み、忍の優しさが伝わっていることだ。

鈴音はなにも言えず、ただ明理を見つめていた。すると、明理がふっと柔らかく目を細める。

「部屋にこもりがちだった私を、初めに兄が笑顔にしてくれたんです。突然、メイク道具を持って私の部屋に来て『練習台になれ』って。すごくびっくりしちゃって」

鈴音は忍のことを、ほぼ知らない。だから、忍と一緒に過ごしてきた明理の話はとても興味深かった。

明理は小さな手を口に添え、くすくすと笑いを零す。

「練習って言葉通り、試行錯誤して慣れないメイクを私に施してくれました。仕上がりはそこそこで。その時間が面白くて、気づけば自然に笑ってたんです」

鈴音は勝手に昔の忍を思い描く。あの大きな手に小さなコスメを持って、四苦八苦している姿を……。

将来、経営者側に立つ予定なら、メイクの技術がなくていいだろう。けれど、忍のことだ。やるからには本気で向き合っていたのだと想像して、顔が綻んだ。

「ふと兄を見たら、うれしそうな顔をしていて。あの笑った顔はずっと忘れません」

明理の思い出を聞き、すべての話が繋がった。忍は夢の原点を語っていたときに、なにかを思い出し、懐かしむように頬を緩ませていた。

――『化粧をしてもらって、綺麗になった自分を見たときの喜ぶ顔が忘れられない』

あれは、明理のことだったのだ。

鈴音は、明理の笑顔を胸にしまって夢を目指す忍を、心から素敵だと思った。

「だけど、お義姉さんにも私のことを説明できないくらい、兄の中では父の不倫相手の娘である妹は汚点なのでしょうね」

明理が急に塞ぎ込むと、鈴音は凛として否定する。

「汚点だなんて思っていない。絶対に」

明理は俯きかけた顔を止め、鈴音を見る。

「明理さんのお兄さんは……忍さんは、あなたが思う通りとても優しいよ」

鈴音には自信があった。あのとき話をしていた忍の顔はとても穏やかで、明理への愛情に満ちていた。

「明理さんのことを隠したいわけじゃなくて、明理さんを傷つけたくないから守っているんだと私は思う」

「守っている……？」

明理がきょとんとして繰り返す。鈴音はゆっくり目尻を下げた。

「それに、さっき明理さんも言っていたように、忍さんは口に出さないタイプでしょう？　明理さんのことを大事に思っているって、私にはすごく伝わってきていたよ」

忍はとても懐が深い。本物の妻となる相手には、必ず明理の話もするだろう。自分は契約妻だ。だから、明理のことも話してもらえなかったのだ。

鈴音は、微苦笑を浮かべた。そこに、オーダーしていたオムライスがふた皿やってきた。甘酸っぱいケチャップの香りと、焼きたての卵のにおいに心が癒やされる。

「やっぱり、兄のお嫁さんが鈴音さんでよかった。鈴音さんも、兄と同じでとても優しい人だろうと思ってたから」

自虐的な思いを抱えていると、晴れやかな声が届いた。明理の言葉は、うれしくて悲しい。鈴音は複雑な思いを表情に出さぬよう、必死で耐えた。そこに、すっと白い封筒を差し出され、顔を上げる。

「本来なら、お義姉さんにお願いすることではないんですけれど」

「これは……？」

「どうぞ。今、見てくださって構いません」

鈴音はおずおずと受け取って、封筒の中身を覗く。厚めのしっかりとした紙が一枚入っていて、封筒から半分引き出してみる。

「無料ペア宿泊券……？」

「大学のイベントでたまたま当たったんです、それ」

「ええっ！　すごい！　ええと……これを私はどうすれば……」

宿泊券から明理に視線を戻して尋ねると、明理は真剣な顔つきで答える。

「兄は忙しいと言って、旅行やイベントは取り合ってくれないんです。確かに忙しいのはわかるんだけれど、一日や二日、いいと思いませんか？」

「え？　ああ。忍さんへですか？」

鈴音が言うと、明理の表情が、ぱあっと明るくなる。

「はい！　きっと、お義姉さんのお願いだったら聞いてくれると思うんですよね。私が直接渡すと、『友達と行け』って言われるのがオチですから」

鈴音は思わず「なるほど……」とつぶやいた。明理が知る忍も、仕事に専念していて休暇を取らない傾向があるようだ。それなら、特に目的もない旅行は妹に譲るのが明瞭だ。

「ちょうどペアなので、兄さんと鈴音さんの結婚のお祝いにぴったりだと思って」

「はっ……!?　な、なにを言って」

突拍子もない発言に、間抜けな声を上げる。

「本当は、自分が働いてなにかを買ってあげられたらいいんですけれど、アルバイトは親に禁止されていて……。ごめんなさい」

「ううん、そういうことじゃなく……！」

明理が仰々しく頭を下げ、鈴音はしどろもどろになる。兄である忍を祝福したい気持ちは、ひしひしと伝わってきた。しかし、結婚が偽装なだけに、安易に受け取ることはできない。

「明理さんのお気持ちは本当にうれしいんだけれど……。私が忍さんを誘っても、結果は同じだと思うから」

鈴音は当たり障りのない理由を口にし、心の中で『私は本当の妻ではないから』と付け足した。兄思いの明理へは、本当のことを伝えたかった。けれども、そうしたところで、楽になるのは鈴音だけ。おそらく明理は動揺し、忍は困ることになる。

「そんなことないです。お義姉さんの誘いなら、兄はよほどのことがない限り断らないかと思います」

「いや、でも……。う～ん……」

「絶対大丈夫です！　その指輪がなによりの証拠ですもん！」

歯切れの悪い鈴音に向かって、明理は前のめりで瞳を輝かせた。鈴音は『指輪』と聞いて、無意識に左手に目を落とし、ぽつりと尋ねる。

「この指輪が……？」

「それを選ぶまで、あの兄が苦慮していたみたいですよ。ブランドとかデザインとか。値段もあまり高価すぎたらお義姉さんが気にするかも、とか。ショップで相当悩んでいたらしくて。そんな一面があるだなんて思いもしませんでした」

明理が意気揚々と話す内容に絶句する。忍がわざわざ、そこまでして用意したものだと思っていなかった。デザインは店員のお任せとか、もっと言えば、ショップに足を運ぶのすら時間が惜しくて、ネットで購入した可能性まで考えた。

「明理さんが、なぜそんなことを知っているの？」

明理は肩を竦め、上目でばつが悪そうに答えた。

「すみません。実は今日、柳多さんに聞いてしまって。これまでの兄なら、そういう大事なものすらも柳多さんにお願いしちゃいそうって、密かに心配していたんです」

柳多から入った情報なら、ほぼ間違いない。思わず高揚しかけた鈴音は、すかさず警鐘を鳴らす。

『これ以上好きになってはいけない。彼は、あくまで契約上の夫なのだから』――と。

夜十時頃、忍が帰宅してきた。鈴音は忍の食事が済んだ食器を下げ、明理から預かっていた封筒を、そっとダイニングテーブルに置いた。

「なんだ？」

「実は今日、明理さんとランチをしてきました」

「明理と？　どういうことだ？」

訝しげな顔で聞かれ、鈴音は要約して説明した。忍は黙って話を聞き終えたあと、封筒を手に取った。

「まったく……学生が変な気を使って」

ため息をつきつつも、その顔は嫌気が差しているようには見られず、鈴音はこっそりと笑った。それから、キッチンに立って洗い物をするため、指輪を外す。そのとき、忍が鈴音を横目で見て言った。

「ランチまでしていたのなら、話はこれだけじゃ済まなかったんじゃないか？」

勘の鋭い指摘に、つい手元が滑って食器をシンクに落とす。明らかに動揺したことに観念して、たどたどしく口を開く。

「明理さんのご両親のこと……聞きました」

その話を聞いたからといって、忍の家族を差別的な目で見ることはない。ただ、忍があえて話さなかったことを知ってしまった手前、ばつが悪い。

「そう」

だが、忍の反応はたったひとことだけ。元々ポーカーフェイスだ。鈴音には、忍がなにを思っているか予想もつかない。忍に黙り込まれると、鈴音は自分の話をするほかなかった。

「私も、家庭の事情はいろいろあったほうだと思っていましたが……世の中、さまざまな境遇の人はいるんですよね」

自然に家族のことを思った。一緒には暮らしていないけれど、いつでも笑顔で迎え入れてくれる家族がいる。それはどんな形の家族だったとしても、とても幸福なことだと改めて気づかされた。

「だけど、私は私が不幸だと思ったことはないし、それは彼女も同じでした。こういうことは、なにが正解かわかりませんね」

なにが幸せでなにが不幸なのかは、人それぞれ。鈴音は今置かれている環境にも、幸せを感じている。けれど、それは忍もそうだとは限らない。

「なにが〝いいこと〟なのか、自分のことなのにはっきりわからない。ときどき、ふっと怖くなるんです。選んだ道は間違っていないか……今、立っている場所が合っているのかどうか自信がなくなって」

「正解などないだろう。どんな形でも、どんな関係であっても。俺たちのことは俺たちが正解だ」

なんて彼らしい回答だろうと、鈴音は目を見開いた。

「そうですよね……」

それ以上なにも言えず、沈黙する。忍の整った横顔を見つめて言葉を探すと、さっき外した指輪が視界に入った。

「ゆ、指輪っ……忍さんが買いに行ってくれたと聞いて……わざわざ、本当に？」

どんな反応が返ってくるのだろうか。落ち着かない気持ちで忍の言葉を待つと、ついに彼の唇が開いた。

「まあ、一応……。茶番に付き合ってもらっているせめてもの気持ちというか。最低限の礼儀だろうと思って」

いつも表情を崩さず目を見て話す忍が、視線を落とした。少なからず、指輪については感情の変化はあるのだとわかると、鈴音はどうしようもなく喜びを感じた。

「そうだ。今夜決めるか」

「えっ。な、なにを？」

どぎまぎして、返した声がやや裏返る。鈴音は頬を赤く染めて俯いた。

「式場。早めに済ませたほうが気も楽になるだろ」

「あ、ああ……」

あっさりとした声で言われた単語に、鈴音の熱が、すっと冷めていく。隅に置いてある指輪を見て、浮ついた心を戒めた。


最近の夜は忍の部屋にいることが常態化しているが、鈴音の緊張は今日も和らぐことはない。

席を外した忍はまだ戻る気配がなく、鈴音はベッドに腰を沈め、サイドテーブルに手帳を広げた。さらさらとペンを走らせていると、間もなくして遠くでドアが開閉する音がした。慌ててペンにキャップをし、手帳を閉じる。

「悪い。待たせた」

鈴音は忍を見上げ、微笑んだ。

「いいえ。家にいるときくらいは時間を気にせず、ゆっくりしてください」

忍が微妙に距離を取って、隣に座る。わずかにスプリングが軋んだ拍子に、鈴音はドキッとする。

「今日……明理のわがままに付き合ってくれて、どうもな」

「全然平気です。私、本当に楽しかったですから」

すると、忍は顔を綻ばせる。

「やっぱりこの役は鈴音でよかったな。きっと明理もすぐ懐くと思っていた」

鈴音は、忍が明理と似たことを言うものだから、思わず吹き出した。

「なんだ?」

眉をひそめる忍に臆することなく、笑い続ける。血が半分しか繋がっていなくても、容姿が似ていなくても、ふたりはこんなにもそっくりだ。それがわかると、うれしくなる。

鈴音が口元に両手を添えて笑っていたら、膝の上の万年筆が忍との間に転がった。

忍は拾い上げた万年筆に目を落とす。

「ところで、毎日なに書いているんだ？」

鈴音は、些細なことだが自分に興味を持たれている気がして、喜びを感じる。

「その日のことを、ほんのひとことだけ……」

「へえ。鈴音は字が綺麗だとずっと思っていたけど、毎日字を書いているからなのか。羨ましいよ」

忍に万年筆を手渡された際、指先が掠った。それだけで体温が上がる。まるで中学生みたいだ。気を引きしめていないと、ますます鼓動は速いリズムを刻んでいく。鈴音は、潤んだ瞳で忍を見た。

忍はぱっと顔を戻し、カバンから取り出したパンフレット二部をサイドテーブルに置いた。

「ああ、そうだ。式場の話だったな。カメリヤかデリエ、このどちらかにしてほしい。俺はどこでも気にしないんだが、親父は体裁を気にするから」

「私はどちらでも構いません。元々、忍さんのためのお式ですし、そんなにお気遣いいただかなくても大丈夫ですから」

こんなふうに意向を伺うことをせず、すべてのことを事務的に淡々とこなしてくれればいい。鈴音はそう思ったが、実際に他人行儀な扱いをされたら傷つくのだろうと自嘲した。

「……じゃあ、デリエだな」

忍がデリエのパンフレットを手に取って、鈴音に渡す。

「即答っていうことは、忍さんはそちらのホテルのほうがお好きなんですか？」

「いや、べつに。親父がカメリヤのほうが好きだと思ったから」

鈴音はきょとんとして、つい口から零した。

「忍さんって、子どもっぽいところもあるんですね」

父親が選ばないであろうものを、あえて選ぶ。それはさながら反抗期の子どものようで、思わず笑った。

しかし、そんな微笑ましい間柄ではなかったのだと、はっとして口を結ぶ。そろりと忍の様子を見れば、怜悧な目を向けられている。鈴音は小さく肩を上げた。

「そうだとしたら、鈴音の前だけだな。そんなこと、一度も言われたことはない」

「え？」

忍は「ふっ」と、口角を上げた。

「これ以上、鈴音に負担をかけたくはないと思っているが、ウエディングプランナーとの打ち合わせは、きみにお願いしなければならないかもしれない」

「あ、はい。そのくらいでしたら」

忍は立ち上がって、不要になったカメリヤのパンフレットをダストボックスへ放った。元々、忍と一緒にブライダルサロンへ訪れようなど、考えてもいない。ふたりで行くよりは、ひとりで行ったほうが気が楽だ。

ホテルスノウ・カメリヤは超高級なことで有名だが、デリエはカメリヤに比べたら敷居は低く感じる。デリエならひとりで訪問できそうだと、胸を撫で下ろした。

「まあ、鈴音にしてもらわなきゃならないのは衣装合わせくらいだろうけれど。あとはプランナーに適当に任せてしまえばいい。先にブライダルサロンに連絡して話はしておくから」

「わかりました」

「日取りは最短で空いてる日にして終わらせてしまおう。そのあと、ありがたくこれを使わせてもらって、ゆっくりするか」

忍の言う『これ』とはなにか、不思議に思って忍を見た。忍はかけてあったスーツのポケットから封筒を取り出し、振り向きざまに鈴音に見せる。

「準備と本番で疲れるだろうし。お互いに結婚休暇を取っても、文句は言われないだろう?」

忍の手には、明理がくれた無料宿泊券。

「これはどこだ？　伊豆《いず》？　だいぶ昔に行ったきりだな」

チケットを見てひとりごとを漏らす忍を、凝視する。

明理に言われ、忍に手渡したものの、忍は使用しないだろうと決めつけていた。ぽかんとしていると、忍に聞かれる。

「もしかして、せっかくの休日に迷惑か？」

鈴音は即座に首を横に振った。多忙な忍をずっと気にかけていた。だから、忍が前向きに休暇を取ろうとしている姿を前にして、顔が綻ぶ。

「いいえ。そんなことありません。伊豆、私も行ってみたいです」

鈴音がにっこり答えると、忍も同じように微笑んだ。


翌日の休憩中、忍から『たまたま約一ヵ月後にキャンセルが出て、すぐにそこを押さえた』と連絡があった。本番まで時間がない。早番だった鈴音は、午後六時過ぎに職場を出て、ホテルデリエへやってきた。

洋風のモダンな建物の前で、一度足を揃える。首が痛くなるほど高い建物を見上げ、「はあ」と感嘆の息を漏らした。

ホテルスノウ・カメリヤの門構えの雰囲気は、たとえるなら神社のような厳かな空気だが、デリエは表向きから煌《きら》びやかで華やかな雰囲気だ。キラキラとした照明だけで、そこが別空間のように感じられる。

鈴音は心の中で『よし』とつぶやき、ロビーへ足を踏み入れた。

二階にあるブライダルサロンに到着すると、サロン内の席は客で埋まっていた。

五ヵ所あるテーブルのうち、四つは使用していてプランナーも忙しそうだ。

受付に目を向けるも、誰の姿もない。どうしようかと困っていると、ちょうど奥のドアから、ひとりの女性スタッフが出てきた。

「いらっしゃいませ。お待たせして申し訳ございませんでした」

「あ、いえ。ちょうど今来たところで……あの、今日電話しました黒瀧と申しますが」

「お待ちいたしておりました。どうぞこちらへ」

鈴音が名前を出すと、プランナーの女性は笑顔で案内する。窓側の席に腰をかけ、改めて向き合うと、プランナーは綺麗なお辞儀をした。

「このたびは、おめでとうございます」

「あ……ありがとうございます」

他人に祝福されると、いまだに戸惑いを隠せない。見知らぬ人にさえ罪悪感を抱く。

鈴音は良心が痛み、視線を落とした。プランナーは、にこやかに話を続ける。

「私、仲江《なかえ》と申します。どうぞ、よろしくお願いいたします。なんでもご相談くださいね」

年上らしき女性プランナーは柔和な雰囲気で落ち着きがあり、少し緊張が解《ほぐ》れる。

「ご新郎様はあのローレンスの次期社長だとか。よくメイクアップアーティストが、ローレンスのメイク道具を持参していますよ」

「そうなんですか。それはうれしいです」

「先にお飲み物をご用意いたしますが」

鈴音はテーブル上のドリンクメニューを見て、アイスティーを頼んだ。飲み物が出されてから、本題に入る。

「本日は、お式までの流れを説明いたしますね。一ヵ月後のご予定なので、かなりスケジュールがタイトになるかと思いますが……」

「はい。ご迷惑おかけしますが、よろしくお願いいたします」

スケジュールの書類を前に、鈴音は深々と頭を下げる。

招待客の人数や、席次、招待状などの基本的な説明を受け終え、仲江がまたべつの資料を取りに、一度席を離れた。鈴音はアイスティーを口に含み、窓の外を眺める。

まさか結婚式を挙げる日が来るなんて。人生はどうなるものか、読めないものだ。結婚することもないだろうと諦めていたところに、縁遠い〝次期社長〟という肩書きを持つ忍と出会った。そして、契約結婚をすることに決めた。

すべてが予想外。それは、今、抱えている感情までもが――。

首を軽く横に振り、視線をゆっくり落としていく。目の前の大通りの交差点を何気なく眺めた。真下に一時停止させた黒い車に目が留まる。

上から見ているのではっきりとはしないが、忍の車に似ている。目を凝らしていると、助手席のドアが開き、女性が降りてきた。どこか見覚えのある女性だ。

鈴音は瞬きせずに、じっと見続ける。女性が星羅ではないかと頭を掠めたときに、車は発進していった。鈴音はドクドクと騒ぐ胸に、右手を添える。

忍がどんな行動を取ろうと、誰とどんな関係であろうと、口出しも干渉することもできない。頭ではわかっている。だけど、心は混沌《こんとん》としていくのを止められない。

『なぜ』と脳内で繰り返し、冷えきった指先を握りしめる。

動揺する鈴音は、星羅の行方を目で追う。彼女は、横断歩道を渡ったところで急に足を止めた。それから携帯を耳に当て、誰かと話をしている。

すると、今度は白い車が星羅の前に停まった。運転席から降りたのは、柳多だ。

「は……？」

鈴音が動転している間に、柳多は星羅を車に乗せ、あっという間に走り去っていく。

茫然としているところに、弾んだ声が飛んできた。

「ご新婦様！　ご新郎様がいらっしゃいましたよ」

勢いよく振り返ると、仲江の隣には忍がいる。

「ど、どうして……」

「ちょうど近くまで来たから」

鈴音は驚愕し、やはりさっきの車は忍のもので間違いないと確信した。

「おふたりで打ち合わせをされるのが一番ですよね。では、のちほど会場など見て回りましょうか？」

「ええ。お願いします」

忍は快く返し、席に着いたが、鈴音は窓から見えた景色のことで頭がいっぱいで、一度もまともに忍を見ることができなかった。

夫婦喧嘩

【だんだんと心苦しくなっていく。覚悟はしていたはずなのに】

胸の内に留めておけなくなった思いは、誰に伝えることもできない。だから手帳の一行に書いて、気持ちを収めるしかなかった。

鈴音は手帳を閉じ、枕元に置いた。目を瞑る前に天井を見つめる。いつもよりも天井が高く感じるわけは、ベッドではないからだ。

忍はあのあと、会社に戻った。今日は遅くなると言っていたので、キッチンには夜食を用意し、メモを添えてある。内容は当たり障りのないことで、デリエで見た光景について触れることはできなかった。

星羅とはどんな用件で会っていたか。そしてなぜ、わざわざ時間差で柳多が彼女の元に現れたのか。考えてもわからぬことで、鈴音は何度目かの寝返りを打った。

久しぶりに横になった自分の布団は、なんだか他人のもののように思える。いつの間にか、忍の部屋に慣れてしまっていた。数えればたった数日のことのはずなのに、もう順応しているだなんて、どうかしている。

心の変化を認めざるを得なくなった今、せめて、この感情は最後まで忍に隠し通したい。

鈴音はそっと瞳を閉じたが、なかなか寝つけず、ついに身体を起こした。薄暗い部屋に目は慣れて、目覚まし時計の位置を簡単に当てられる。バックライトをつけるためにボタンを押すと、時刻は十一時半過ぎだった。

忍はまだ帰らないだろう、と今のうちに渇いた喉を潤すのにキッチンへ向かい、水を一気に呷《あお》って、ひと息つく。キッチンの電気を消し、廊下に出たときだった。玄関から解錠の音がして、びくっと肩を震わせた。なんとなく気まずい鈴音は鉢合わせを避けたかったが、忍に電気をつけられ、視線がぶつかった。

「鈴音？　真っ暗な中、そんなところでなにをしてる？」

「あ……その、なかなか寝つけなくて水を飲みに……」

鈴音は肩を上げた状態で、目を泳がせぽつりと答えた。

「そう。それで、もう眠れそうなのか？」

「……大丈夫です」

変な間ができたうえ、顔を逸らしてしまい、気まずさを抱える。

「もしまだ眠れそうもないなら、今日の話の続きでもするか？」

「今日の、話……？」

優しい声色で言われ、きょとんとする。忍はネクタイを緩めながら答える。

「あのあとも、しばらくデリエにいたんだろう？」

「はっ、はい」

すっかり目も覚め、姿勢を正して返事をすると、忍がふいに笑った。

「はは。まるで俺を見た新入社員の反応だな」

楽しげに目尻を下げる忍に、鼓動が速くなる。

「じゃ、じゃあ最後にもらった資料を今、持ってきます」

「俺は先にシャワーだけ浴びさせてもらう。リビングで待ってろ」

すれ違いざまにネクタイをシュッと取って、ワイシャツのボタンを外す忍にドキドキする。鈴音は「わかりました」と平静を装ったが、自室に戻るなり胸を押さえ、その場にへたり込んだ。


「これが結婚式までの準備リストで、プラン表がこっちです」

浴室からまっすぐリビングにやってきた忍に、資料を差し出す。まるで上司に企画書を渡すような光景だ。でも、鈴音の心はべつの緊張に侵されている。

シャワー後の忍は色気が増すため、鈴音はいつも直視できない。あえて手元を見ながら説明した。

「ああ。目を通しておく。そこに置いておいて」

忍はそれを受け取らず、キッチンへ向かう。鈴音は言われた通りにテーブルに置き、何気なく忍の背中を見た瞬間はっとする。キッチンには夜食とメモがそのままだ。夜食はともかく、メモは大した内容ではないものの、目の前で読まれるのは恥ずかしい。

鈴音が「あっ」と声を上げ、忍のあとを追いかけるも、間に合わなかった。対面キッチン越しに、忍がメモを手に取る姿が見える。

「あの……私、今夜は先に休んでるつもりだったので」

もごもごと声をかけるけれど、忍はメモの文を目で追っていて返答はない。

「食事も多く作りすぎただけなので。いらなければ明日、私が……」

「いや。結局食べてないんだ。助かる」

忍が鶏そぼろ丼を手にしてレンジに入れる。

「あ、じゃあ、お味噌汁を温めますか？　あとは私がやるので座っていてください」

鈴音がキッチンへ入り、テキパキと動く。忍は鈴音に任せ、ダイニングチェアに腰を下ろした。

「披露宴といっても、なるべく最小限のゲストで抑えようとは思っている。それで、一応聞くが、鈴音側のゲストや……親はどうする？」

披露宴の目的は、初めから忍の家や会社関係へのお披露目だと理解している。けれど、自分の親がどう思うかまで考えるには至っていなかった。

「そうはいっても……さすがに、欠席っていうのは体裁も悪いと思いますし……」

鈴音はそこまで言って、両親の寂しそうな顔を想像し、唇を軽く噛む。

「その日一日をしのぐくらいなら、どうにか人を手配することはできる」

「それって……代役をあてがうってことですか……？」

忍の発案に、茫然とする。それは、どう見ても今思いついた様子ではなかった。鈴音は忍が常に配慮しているのを感じ、苦しくなる。

「滑稽だってわかっている。でも、俺はもう引き返せない」

忍が厳しい顔つきで言ったあと、鈴音を見つめる。

「それで、もしも鈴音のご両親が今回のことを知ったときには、式とは言わないで、取引先へのお披露目パーティーだと説明する」

ピーとレンジの温め終了の高い音が聞こえる。だけど、鈴音は振り向きもしない。

「会社関係のゲストにはパーティーを開いて、親族の披露宴はやらないと聞けば、親としては不満だろうがな……」

忍は睫毛を伏せ、申し訳なさそうに力なく笑う。

鈴音が親に事情を口にすることは一生ないけれど、離婚の事実は知られる。そのとき親は心の中で、式を挙げていないことに、ほっとしてくれるかもしれない。

「大丈夫ですよ。なんとかなります」

鈴音はレンジのドアを開け、わざとあっけらかんとして答えた。熱くなった皿を両手で取り出し、忍の元へ運ぶ。

「全部俺のせいにすればいい。いや。事実、鈴音は俺のわがままに振り回されているだけだ」

衝動的に忍の顔を見れば、忍はまっすぐな目を向け、一瞬たりとも逸らしたりしない。鈴音もまた同じ眼差しを返し、数秒後、口を開く。

「これは共犯です。忍さんだけのせいにはしません」

芯のしっかりした発言に忍は瞳を見開き、驚いた顔をした。凛とした鈴音を見つめ、ふいに「ふっ」と笑いが零れる。

「なんか、鈴音と話していると自分が小さく思えてくるよ」

箸を手に取り、ぽつりとつぶやいてから、おもむろに味噌汁を口に持っていく。ひと口啜って、遠くを見つめた。

「昔から親父は好かなかった。明理が家に来てからは、なおさら。だから、初めは親父の跡を継ぐなんて考えてもなかった」

忍はお椀を戻し、俯いて話し続ける。

「けど、ふと過ったんだ。危機感なく笑って過ごす親父の焦慮する姿を見てから決別しよう、と。ずっと、そればかり考えていたはずなのに、結局、親父に執着しているのかもしれない」

鈴音は頭を垂れて動かなくなった忍に、一歩近づいた。

「誰かを憎むって、それだけの気持ちが元々あったっていうことですよね。私は実父に対してそういう気持ちはないですから」

忍の旋毛に向かって、ぽつりぽつりと言葉を紡ぐ。

「その気持ちを、今からべつのものに変えることって、できないんでしょうか……?もしも本当に離れたいのなら、自分の人生を歩くことだと思うんです」

他人の気持ちを、全部はわかってあげられない。無理に寄り添うくらいならば、自分の思いを伝えるほうがいい。

その代わり、心から思いを込めて。

「そうしたら、きっと忍さんの人生はもっと素敵になる気がする」

――相手が大切な人だから。

忍はしばらく言葉が出てこなかった。長い沈黙のあと、再び味噌汁を手に取る。

「……いただきます」

忘れていた挨拶を遅れて口にすると、黙々と食事をし、それぞれの部屋へ別れた。

ふたりは互いに、なかなか寝つけず朝を迎えた。


「で、どうだった？　人生初めてのブライダルサロンは」

翌日。職場の社員食堂で、わくわくした表情の梨々花を前に苦笑した。

「急にテンション違わない？　この間まで『本当にいいの？』とか言ってたのに」

梨々花は週刊誌に取り上げられたときも、神妙な面持ちで心配していた。だが、今や別人のように陽気な振る舞いを見せる。鈴音は、そのギャップに笑わずにはいられなかった。

「そうなんだけど、鈴音見てたら、なんかアリなのかなあって思ってきた」

梨々花が目の前のパスタに見向きもせず、にんまり顔を向けてくる。

「まあ、ブライダルサロンは担当者もいい感じの人でよかったよ。明日の休みは衣装合わせの予約も入れてる。ひとりで行ってくるよ」

「え？　明日⁉　ひとりで⁉　私、シフト通しだよー！　行けないー！」

「いや、べつに付き添いはいなくていいし……」

心底残念がる梨々花に若干悪い気もするが、これは建前の式。事情を知っているとはいえ、梨々花の興味本位で介入されるのも正直困る。

「だって、友達のウエディングドレス姿、まだ見たことないし！　興味あるもん！」

まるで結婚前にする、女子たちの普通の会話だ。もしもこれが普通の結婚だったなら、微笑ましい光景だ。

しかし、鈴音は状況だけではなく心境のほうも複雑なため、作り笑いも難しい。

「ひとりでいいの。そのほうがいい」

ぽつりとつぶやき、静かに弁当を開けた。梨々花は先に箸をつけ始める鈴音をじっと観察し、おもむろに口を開く。

「私、確かに能天気なキャラかもしれないけれど、ちゃんと話を聞くときは聞くよ」

ふいに真剣な眼差しを向けられ、うっかり鈴音は目を逸らした。

しばらく口を閉ざしていたけれど、梨々花の視線をひしひしと感じ、意を決して吐露した。

「忍さんは、私が彼を好きにならないと思って私を選んだ。それを裏切りたくない」

この感情はずっと押し殺してきた。それは、これからも変わらない。だけど、ずっと誰かに言いたかった。

鈴音は、呪文のように言い聞かせる。

「だから、私はあの人を好きになっちゃいけない」

「抗わなければ気持ちが相手に向いてしまうって、もう〝好き〟って言っているようなものだと思うよ」

梨々花はテーブル上の両手を固く握り、鈴音に訴えかける。けれども鈴音の表情は物憂げで、口元に浮かべた笑みも、どこか儚《はかな》い。

「けど、ダメなの……絶対に」

好きと知られた時点で、この生活が終わる。告白したと同時に、忍のそばにいられなくなるのだ。

「鈴音……」

「さ。食べよ食べよ。梨々花のパスタ、せっかく美味しそうなのに冷めちゃうよ」

期間限定の夫婦。それならば、せめて最後まで隠し通したい。一日でも長く、忍の妻でいられるように。

鈴音は改めて、心に強く決めた。

休憩が終わり、売り場に戻る。途中だった在庫チェックを始めようと、引き出しを開けた。そのとき、気配を感じて顔を上げる。

「いらっしゃいま……せ」

「地味な制服ね」

鈴音は目を剥いて固まった。開口一番に、失礼な発言をされて驚いたわけではない。やってきたのが星羅だったからだ。

「星羅さん……」

「あら。名前を覚えてもらえていて光栄だわ。私はあなたの名前を忘れてしまったけれど」

悪びれもせず、しれっと嫌味を返す星羅はいっそ清々《すがすが》しい。

「山……黒瀧鈴音です。本日はいかがされましたか?」

『黒瀧』と名乗ることで先制し、にこりと営業スマイルを浮かべ、余裕を見せる。本当はこの間、忍や柳多といたことが気になって仕方がないが、そんなことを星羅本人に聞けない。悶々とする感情をグッと抑え込み、平静を装う。

「べつにこの店に用はなかったの。ここの百貨店にはローレンスが入っているでしょう？　そこを見に来ただけなのよ。だけど、あなたがここに勤めていると噂《うわさ》で聞いたのを思い出したの」

「そうでしたか」

星羅はショーケースの上に右手を添え、商品を眺めてゆっくりと移動する。ふいに星羅の大きな黒目が、鈴音を捕らえた。鈴音がその視線に居心地の悪さを感じ、目を逸らした瞬間、星羅が言った。

「あなたは彼にとって、どんなメリットがあるのかなあ」

星羅は鈴音の結婚指輪を睨みつける。

「私、知ってるのよ」

「え……？」

急にトーンを落とした声と、ニッと口角を上げる星羅に、内心狼狽する。

もしかしてあの日、忍が星羅に契約結婚を教えたのだろうかと想像し、心臓が騒ぐ。

嫌な心地になっているのは、嘘がバレている心配より、忍にとって特別な存在はほかにいて、それが星羅かもしれないから。

自分だけが忍の特別でいたい。そんな嫉妬心が、鈴音の中に明らかに芽生えている。

星羅がしたり顔で、ふっくらとした唇をゆっくり開いた。

「忍さんが今、一番欲しいもの」

星羅の答えは思っていたものではなかった。とはいえ、星羅の話が気にならないと言えば嘘になる。

鈴音はショーケースを見つめ、手をぎゅっと握りしめて考える。視界に星羅の洋服が入り込んでくると、思考はいっそう乱れた。

星羅が目に映るだけで不穏な気持ちに支配されてしまいそうだ。不本意ながら、瞼を閉じようかと迷っていたところに、勝ち誇った声が放たれる。

「それはあなたにはなくて、私にはあるもの。彼に与えてあげられるのは私だけ」

再び星羅を見れば、自信満々といった表情だ。それに比べ、妻であるはずの鈴音は悄然《しょうぜん》としている。瞳を揺らす鈴音の耳に、星羅の色っぽい口元が寄せられた。

「ねえ。あなたたちの結婚って、フェイクなんでしょう?」

耳孔の奥に響いた甘い声は、鈴音の視界を白黒に変えた。


昨夜から今朝にかけては、まともに忍と会話をしていない。

今日は火曜日。休日の午後三時、鈴音はデリエを訪れていた。同ホテル内にあるドレスショップはとても広く、フィッティングルームも三つほどある。

鈴音はところ狭しと並ぶ純白のドレスを前に、ぼーっと立っていた。

昨日からずっと、星羅に言われた言葉を回想していた。

――『私の目には、あなたたちが愛し合っているようには見えない。ふたりには距離を感じるもの』

あのあと、立ち去る直前に星羅は、そう言い残した。

鈴音は星羅にあっさり見破られ、落胆した。もしかすると、忍や柳多から話を聞いていただけかもしれないが、『ふたりには距離を感じる』という言葉が、思いのほか胸の奥に突き刺さっている。

「黒瀧様。こちらのドレスはいかがでしょうか？」

「えっ。あ、はい」

「では、早速お着替えを」

大して説明も聞かず、適当な返事をしていたら、スタッフが一着のドレスを手に先導して歩いていく。ショップに入ってすぐ見えたフィッティングルームを通り過ぎ、突き当たりのドアを開けた。

「どうぞ、こちらへ」

鈴音は首を傾げ、そっと部屋を覗く。そこはひとりで使うにはもったいないほど広く、落ち着いた個室。鈴音は〝ローレンス社の黒瀧〟の名でＶＩＰ待遇を受けているのだと気がついた。

特別な扱いに戸惑う暇もなく、壁側のカーテンの中に案内される。下着姿になるように言われ、恥ずかしい思いで服を脱いだ。

「本日は平日ですし、ご新郎様はお仕事ですよね？」

「ええ」

スタッフは鈴音にドレスを着せ、背中の紐《ひも》をぎゅうっと締める。息苦しいが、身体よりも心のほうがずっと苦しい。

昨晩、準備していた夕食のトレーに【明日は衣装合わせに行ってきます】とメモを添えた。忍に来てほしい、といった下心で書いたわけではない。ただ、式はふたりのことだし、報告義務があるように感じたのだ。

「きっとご新郎様も、ご新婦様のドレス姿を見たかったでしょう」

残念そうな声に、鈴音は小さく笑うことしかできない。来るはずがないし、来られても困る。あまり大事にされると気持ちが溢れ、決壊しそうだ。

「お待たせいたしました。とてもよくお似合いです。どうぞ、こちらの鏡の前へ」

着つけが終わってカーテンが開く。白いパンプスに足を通し、広い空間に立った。正面、側面にある大きな鏡と向き合うなり、凝視する。

胸元に施した刺繍《ししゅう》はとても上品で、スパンコールが光を反射させ、華麗な輝きを放っている。繊細に煌めくロングトレーンが印象的なバックスタイルに、自然に身体を捻り見入ってしまった。

真っ白で清廉なウエディングドレス。しかし、今の鈴音は白どころか真っ黒で、胸の内はさらに苦しくなる。これを着て隣に並びたい相手はひとりだけ。その願いは叶う。だけど、本当の意味では絶対に叶わない。

梨々花に気持ちを打ち明けて収まるかと思っていた。それなのに、逆に歯止めがきかなくなって、心が不安定だ。スタッフがその場をちょっと離れたのにも気づかず、鈴音は鏡の中の自分を見つめ続ける。まるで反抗しているように眉根を寄せ、難しい顔つきだ。

「ちょうどいいところでしたよ！　たった今、試着をされて……。ご新婦様！　ご新郎様がお見えになりましたよ！」

「えっ！」

ひとりの世界に浸っていた鈴音は、現実へ引き戻される。動転して出入口のほうへ顔を向けると、紛れもなく忍だった。この流れに既視感を抱く。前回も、こうして突然やってきて驚かされた。

「ど……どうして……？」

鈴音は驚いて、忍を見つめる。こんな時間に仕事が終わったとは思えない。毎日多忙にしている忍を見ていれば、そのくらいわかる。

鈴音が驚倒するあまり言葉を失っていると、忍がそばへやってくる。スーツ姿の忍をやおら見上げた途端、忍に頬を撫でられた。そして、耳元で囁かれる。

「俺のためにしてくれていることだ。できることくらいする」

肌を滑り落ちていく指の感覚や、耳介に感じる吐息が鼓動を誘う。急に現れただけでひどく動揺しているのに、甘やかな声に頭の中はパニックだ。

「最低限の義務だろう？」

鈴音は付け加えられたひとことに、突き落とされる。

「あっ……ええと、そのほかにも数点ドレスをお持ちいたしますね」

スタッフはふたりが愛を囁いていると感じたのか、頬を赤らめ、そそくさと退室する。忍とふたりきりになり、落ち着かない。

「そのドレスは鈴音が選んだのか？」

忍は一歩下がり、鈴音の全身を眺める。

「いえ。私はもう、どれがいいのかもわかりませんし、お任せで」

鈴音がドレスを摘まみ上げて言うと、忍は目を細めて笑った。

「そうだと思った」

こんな格好をし、ふたりきりでいて、彼が自然な笑顔を見せる。鈴音はまるで、本物の新郎新婦になった気分で忍を見つめた。

「どうした？」

忍はきょとんとして、鈴音を見つめ返す。忍のあっさりした態度と、今しがた口にした『義務』という冷たい単語を、あえて頭の中で反芻する。

不要である、すべての感情にふたをするために。

「似合っているよ。後ろ姿なんか最高だ」

鈴音が精神統一している矢先に、甘い言葉が降ってくる。本当は一瞬で心がぐらついたのだが、鈴音は強い精神で表情に出すことを堪えた。

「ありがとうございます。だけど、試着くらいひとりで平気ですよ。お仕事大変なんじゃないんですか？」

鈴音は忍と目を合わせず、顔を横に向けた。視線の先には、ドレス姿の自分を映し出す鏡がある。そんな自分すらもまともに見られなくて、さらに目線を落とした。

「柳多に許可は取ってある。たった十分間だけどな」

たった十分間のために……。

堰《せ》き止めていた気持ちが放出し、気づけば再び忍を見上げていた。

「どうして優しくするんですか？」

今の今まで普通にしていた忍だったが、鈴音の訴えに目を剥いた。鈴音の大きな瞳は、切なげに潤む。悲しそうに眉を寄せ、小さな唇をきゅっと噛んで、現状に耐え忍ぶのがひと目でわかった。

「鈴音？　いったいどうし――」

「私、無理です」

鈴音は言下に拒否をした。それは、これまでで一番冷たい声。忍もさすがに怪訝な顔つきで返す。

「無理……？　なにがだ？」

「ウエディングドレスなんて……披露パーティーなんて、出られません」

たった十分ドレスの試着に付き合ってくれただけで、思いが膨らみ、心が揺れる。

今、こんなにも感情を押し殺すのが大変なのに、大勢の来賓客を前に笑顔で忍の隣に立つ自信がない。

たくさんの人へ嘘をつく――。その罪悪感よりも遥《はる》かに増して、『おめでとう』と祝辞を無数に浴びせられるのがつらい。そんな気持ちが容易に想像できるくらい、鈴音の心は忍に囚われている。

父・光吉の存在に囚われ続ける忍に『離れたいのなら、自分の人生を歩くこと』と諭したのは鈴音だ。鈴音自身も、本当に手遅れになる前に忍の元から離れたほうがいいのではないか、と自分の言葉に翻弄される。

「ごめんなさい」

鈴音は下唇が見えなくなるほど噛み、出口へ向かって走り出そうとする。

「鈴音っ……!」

二歩目を踏み出したとき、忍に左手首を握られ、捕まった。鈴音は俯いていて忍を振り返ろうともしない。

「ちゃんと説明してくれ」

仕事では、どんな不測の事態に陥ったときでも動揺することはない忍だが、やや取り乱した声で問い質す。焦慮に駆られた様子で、鈴音を強引に引き寄せた。

鈴音は室内にあったふたりがけのソファへ乱暴に座らせられると、目を固く瞑った。

再び瞼を開けたときには、間近に忍の双眸が見える。そして、ソファの背もたれに伸ばした両手で、閉じ込められた。

「今さら約束を守れないとは、どういうことだ?」

忍に詰め寄られ、恐怖心はない。あえて怖いことを挙げるならば、自分の気持ちを知られたときのこと。

鈴音は頑張って目を逸らさずに、忍の瞳を見続ける。ここが最後の砦《とりで》。ここで負ければきっと全部を白状してしまう。

真正面から向き合うと、忍は苛立った声を上げる。

「それに、初めに金を受け取っただろう」

そのひとことに、鈴音の瞳孔が開く。

「あの時点で、期間限定だとしても、きみは俺のものになったはずだ」

薄い唇が次から次へと紡ぐ言葉は、どれも事実で残酷だ。鈴音の瞳が、不安げに揺れ始める。そのとき。

「だったら、このままきみを抱いて既成事実を作れば、続行せざるを得ないよな」

忍は鈴音の後頭部に手を添え、鼻先が触れる距離まで近づいて囁いた。刹那。

「んっ……⁉」

声を漏らしたのは鈴音ではない。忍だ。忍が躊躇いがちになっていたところに、鈴音のほうから口づけた。

鈴音は忍の頭に手を回し、唇を押しつける。お世辞にもうまいとは言えない不器用なキスに、忍の瞳が揺らぐ。鈴音から唇を離すと、忍を見もせず視線を落とした。

金は迷わず柳多に突き返した。けれど、忍の中では受け取ったことになっている。

それを許したのは鈴音自身だ。

なのに、やはりそういうふうにしか見られていなかったのだと痛感し、胸が引きちぎられそうになる。違反を犯しているのは自分。忍はなにも間違ったことは言っていない。単に鈴音が限界を迎えただけ。

自らキスをしてしまうくらいに――。

勢いよく忍の胸を突き放し、ソファから立ち上がって走り出す。

「鈴音！」

鈴音は忍を好きになってしまった。どちらにせよ契約違反だ。

豪華なドレスが邪魔をして、うまく走れない。またも忍に捕まった腕を、全力で振り払う。

「……離してっ！」

そこにドアノブが回る音が聞こえ、ふたり同時にはっとして顔を向ける。忍は反射的に手を離した。

「お待たせいたしました。先ほどご覧になっていたカラードレスを一着……どうかなさいましたか？」

スタッフがふたりのただならぬ雰囲気を感じ取り、おろおろする。

「妻が、急に体調が悪くなったようで……。申し訳ありませんが、衣装合わせは次の機会にしてください」

「まあ！　確かに顔色が……。かしこまりました、ただ今すぐにお着替えのお手伝いをいたします」

スタッフは手にしていたドレスをかけ、急いで鈴音の手を取り、カーテンの奥へ移動した。

「ちょうど、ご新郎様が来てくださってよかったですね」

ドレスを脱がすスタッフが小声で言うが、鈴音はなにも返せず俯く。

「黒瀧様はスケジュールもタイトで大変ですので、あまりご無理されませんよう」

「……すみません」

他人の気遣いが余計に胸を痛める。一刻も早くドレスを脱ぎたかったが、着替え終われば、また忍と顔を合わせなければならない。

鈴音が追いつめられていても、着々と着替えは進んで、ついにカーテンが開けられた。忍の射るような視線を感じ、おずおずと顔を上げる。そのとき、忍の携帯が鳴り始めた。

「ああ。……わかってる。すぐ戻る」

忍はすぐに通話を終え、スタッフに頭を下げた。

「申し訳ない。戻る時間になってしまったので、妻をタクシーまでお願いします」

「さようでございますか。承知いたしました」

今後、顔を合わせぬわけにはいかないが、とりあえずひとときでも離れられる。鈴音が電話での呼び出しに感謝しているところに、忍が歩み寄ってくる。

「鈴音。家でゆっくり休め」

忍の声色はなんとも捉えがたいものだった。怒りは感じられない。そうかといって、単純に身体を心配しているわけではない気がする。

鈴音は「はい」と小さくつぶやき、忍の背中を見送った。

スタッフの付き添いでタクシーに乗り込み、ひとりで帰る。鈴音はまっすぐ忍のマンションに戻る気にはなれず、途中でタクシーを降りて遠回りをし、家に着いたのは夜七時頃だった。

すぐさま自分の部屋にこもり、現実を忘れるために眠りに就いた。

目を覚ますと、窓の外はまだ暗い。なにも見えない中、手探りで目覚まし時計を探し、ライトを点灯させた。

「一時……」

鈴音は壁に手をつき、ふらついた足取りで廊下を行く。電気をつけたのはキッチンだけ。それでも十分眩しくて目を細めた。

今になって、自分の身体が汗ばんでいることに不快感を抱く。帰宅した直後は、そんなことを感じる暇もなく寝てしまった。寝ぼけ眼で着替えとタオルを持って、バスルームに入る。シャワーを浴びたが、目が覚めただけで気分はさっぱりしない。

脱衣所を出てから、靴を揃えていなかったことを思い出し、慌てて玄関に向かった。

そこには脱ぎっぱなしの自分の靴しかない。てっきり忍は帰宅して自室で休んでいると思っていたのに、どうやらまだ帰っていないらしい。

これまで、こんなに帰宅が遅くなったことはない。心配しつつも部屋に入り、布団の上に座り込んだ。

枕元のカバンからは手帳が見えた。たったひとことの日記すらも、今日は書けない。

そのとき、ガチャガチャ！とドアノブが回る大きな音がして心臓が跳ねた。いつもの忍の開け方とは異なっていて警戒する。忍はもっと静かに帰宅するはずだ。さらに、耳を澄ますと声も聞こえた。鈴音は息を止め、窺うように聞き耳を立てる。

「ほら、着いた！　靴脱いで」

男性の声がした。けれど、それも忍の声ではない。バタバタと騒がしい音が玄関の方からしばらく続き、徐々に足音が近づいてくる。鈴音は心臓をバクバクと鳴らし、静かに立ち上がる。勇気を出してドアの隙間から覗くと、ぱっと廊下の電気がついた。

「まったく。若者じゃないんだから、自分の限度わきまえろよ」

呆れてものも言えない様子なのは、柳多だ。

「ど、どうしたんですか……!?」

忍が柳多に身体を支えられている光景に、不安そうな表情を浮かべる。柳多はすぐにいつもの柔らかな瞳で謝った。

「あ、鈴音ちゃん。起こしてごめん」

「いえ。それは大丈夫ですけれど、忍さんはいったい……」

「あー、これ？　悪酔い。珍しく飲みに誘われて付き合ってたんだけど、つぶれちゃって」

「悪酔い？　お酒を飲んだんですか？」

「そう。で、こんな感じ」

鈴音は目を丸くし、忍の横顔を見た。

「傷がもう少し治るまで、飲酒は控えるべきって知っているはずなのに……」

薬を飲み忘れる忍だが、さすがに酒は飲む前に自制しなければいけないことに気づくはず。

「それでも、飲みたかった理由がなにかあったわけだ」

柳多の核心を突くようなひとことに、鈴音はドキリとする。今日の出来事のせいでは、と青褪めた。

忍の寝室前まで辿り着くと、柳多は躊躇いなく忍の部屋に入り、ベッドに忍を横たえた。忍は少し声を漏らしたが、まだ眠っている。柳多は、廊下の灯りを受けて眠る忍の寝顔を見下ろし、つぶやく。

「最重要だったはずの目的が淘汰《とうた》される理由も、今日酒を飲んだ理由と同じかな？」

「え……？」

そして、ベッドの脇に立つ鈴音の元に近づいてきて、目を合わせると意味深な微笑を浮かべる。

「まさか、彼が女性にほだされることがあるとはね」

鈴音が息を呑み、柳多を見上げて尋ねた。

「それって、どういう意味ですか」

「褒め言葉。さすが、金で簡単に流されるような子じゃないだけあるなあって」

鈴音は絶句する。これまで掴みどころのない男だとは思っていた。だけど、こんなふうに棘のある言葉を真正面から向けられたことはない。しかし、柳多にどうあしらわれようと、どう思われていようと、さして気にすることではない。

問題は、ただひとつ。

「その話はもうしないと約束したはずです」

今や鈴音のほうが、戸籍料として突き出された大金を、本当は受け取っていないと忍に気づかれては困る。鈴音の鋭い目を前にしても、柳多は余裕顔だ。

「私があのお金を受け取ったことにしたのは――」

「なんの話だ？」

突然、話に割り込んだのは、寝ぼけ眼の忍だ。稲妻に打たれたような感覚が、鈴音の全身を駆け巡る。ベッドを振り返ると、やおら上半身を起こし、右手で額を押さえる忍の姿があった。忍は顰めっ面で、さらに言う。

「約束って、なんの」

鈴音は動揺のあまり、ドクドクと大きな鼓動が、耳のすぐそばで聞こえる錯覚がした。驚いたのは柳多も同じようで、忍を見て固まっていた。

「すみません。ずっと、忍さんには隠していましたが……私、借金があったんです」

苦し紛れではあったが、間が空けば空くほど怪しまれる。そう考えて、鈴音はデタラメを言った。幸い忍は酔っているうえ、部屋は仄暗《ほのぐら》いから表情も読まれづらい。どうにかやり過ごせると信じて、堂々と立つ。

「借金?」

険しい声で聞き返され、唇が震えそうだ。鈴音は手にグッと力を入れ、はっきりと受け答えした。

「はい。私が柳多さんに口止めしていたんです。もう済んだことですし」

「もう済んだこと?」

「以前、柳多さんづてにいただいたお金を、返済に充てましたので」

鈴音の説明には、忍だけではなく、柳多も唖然としていた。男運もないうえ金銭トラブルまで抱えていたと思わせたら、呆れられるどころか黒瀧の名に傷がついた、と入籍を後悔されるかもしれない。

けれども、叶わぬ願いならいっそ嫌われてしまったほうが気持ちが軽くなる。

「そんなこと、知らな――」

「ああ。下にタクシーを待たせているんでした。副社長、すみませんが私はこれで。鈴音様、遅くに失礼いたしました」

頭痛を堪えて発した忍の言葉をかき消すように、柳多が挨拶をした。

「いえ。こちらこそ、ありがとうございました。お気をつけて」

鈴音も話をうやむやにして頭を下げた。忍は具合が悪く、相変わらず眉間に皺を作っている。

「あ、柳多さんの忘れ物。忍さん、どうぞ休んでいてください。すぐ戻ります」

鈴音はベッドの上に手を置き、携帯電話を握って玄関へ向かう。すでに家を出た柳多を追って、エレベーターホールへ出た。柳多の姿を見つけると、すうっと息を吸う。

「私は、彼の目的を邪魔しようだなんて思ったことないですから」

鈴音は牽制《けんせい》していきなり好戦的な言葉を投げる。携帯を渡そうともしないのは、自分がずっと握りしめていた携帯を、あたかも柳多が忘れたかのように振る舞ったから。

柳多とふたりきりで話をするために。

「あなたは彼の味方なんじゃないんですか？　お金のことを、彼のプライドのために黙っておくようにしたのは柳多さんでしょう」

エレベーターが到着したが、柳多は乗らず、ドアが閉まる。

「ふふっ。形だけの奥様に咎《とが》められるとは」

「形だけと言われようと、偽物と言われようと、私は今、忍さんの妻である事実は変わりません」

この行動が正解なのかはわからない。けれど今の柳多はどこか嫌な感じで、その直感に従うしかない。すべては、忍の仕事への思いを守りたい一心。

「経緯はどうあれ、私たちは夫婦です。私はあの人を守る義務と権利がある」

柳多は、凛然として力強い瞳を見せる鈴音に、一瞬圧倒された。だが、すぐに形勢を戻し、片側の口端をわずかに上げる。

「俺が彼に害を加えるとでも？」

鈴音は呆れ声で言われても、疑いの眼差しを向け続ける。彼の緩い雰囲気はこれまでと同じ。だが、今日はやはりどこか違う。

「……わかりません。だけど、違うとも言いきれない気がするので」

鈴音が警戒心を露わにしても、柳多は笑みを浮かべている。もう一度エレベーターのボタンを押し、鈴音を振り返って言った。

「彼もずいぶん頼もしいパートナーを選んだものだ。そのせいで腑抜けにならないことを祈るよ」

もしかして、忍が目指しているものは、柳多にもなにかしら影響することなのでは……。

鈴音は柳多の言動からそう感じ取ったが、さすがに詳細まではわからない。

エレベーターがやってきて、柳多は鈴音にゆっくり背を向けた。

「ありえませんよ。そんなこと。私の存在なんて関係なく、忍さんの意思は、たくさんの人に支持される。いずれは頂点に立てると信じています」

鈴音がはっきりと答えると、エレベーターに乗り込み、再び振り返った柳多の顔からは、笑みが消えていた。

離婚宣言

翌朝は、珍しく忍がいつもより遅く起きてきた。深酒をしたせいだろう。

「あ、おはようございます。具合は大丈夫ですか？　コーヒーを淹れましょうか」

「いや……。水がいい」

忍はぐったりした様子でソファに腰を下ろす。鈴音は水をローテーブルに差し出すと、心配そうに見つめた。

昨夜、柳多を見送って部屋に戻ってみると、忍は深い眠りについていて、鈴音の呼びかけにも反応しなかった。鈴音はほっとして、かけ布団をかけて自室に戻ったのだった。

鈴音は昨日、デリエをあとにしたとき考えていた。次に忍と顔を合わせたら、この家を出ていくと伝えよう、と。

けれども夜中に思いも寄らぬ事態になり、そんな話はできる状況ではなくなった。そして今朝も、忍は本調子でないのがひと目でわかる。そのため、結婚解消を切り出すことを諦め、日常に徹する。

「すみません。私、今日、早番で。もうすぐ出ますね」

具合の悪そうな忍を置いていくのは後ろ髪を引かれるが、仕事だから仕方がない。

それに、やはり長い時間ふたりきりでいると、いつどんな空気になるかわからない不安もある。

「ああ」

忍は瞼を閉じて、ひとこと答えた。それからすぐに鈴音は廊下から「行ってきます」と声をかけ、出社した。

ひとりきりになった忍は、ようやく鈴音が用意してくれた水を口に含んだ。


「おはよう、山崎さん。これ、頼まれてた総務の回答」

鈴音が出社し、売り場に立つとすぐ佐々原がやってきた。まだ若干気まずい気持ちはあるが、はっきりと意思を伝えたおかげか、面と向かって話はできる。

「ありがとうございます」

鈴音は丁寧にお辞儀をして、両手で封筒を受け取る。佐々原のほうが、ぎこちない雰囲気だ。

「あー……その、どう？　最近」

「はい。平穏です。本当に余計な心配をおかけして申し訳ありません」

「そ、そっか」

平然とした鈴音の対応に、佐々原はそれ以上なにも言わなかった。

平日の日中は比較的、客足も穏やかだ。時間が経つのは遅く感じ、余計なことを考えてしまう。

開店後も、いつもなら来客のない時間にできる仕事を考えて動いている。商品を綺麗に磨いたり並べたり、包装資材を補充したりと、探せばいくらでも仕事はある。しかし、今日の鈴音は機敏に動くどころか、ぼーっとしている時間が多い。今も、いつから開いているのかわからない在庫確認票に、ペンを置いたままだ。

生気の抜けた横顔に向かって、声をかけられる。

「鈴音っ」

「……梨々花！」

鈴音は一瞬、客だと思って緊張したが、梨々花を見て小さく息を吐いた。梨々花はさらに近寄っていき、にんまり顔でひそひそと言う。

「どうだった？　衣装合わせ」

無邪気な梨々花に目を丸くし、力なく笑って答える。

「あー……ちょっと疲れた」

そう説明するのが精いっぱい。梨々花の目を見てしまったら、たぶん感情が溢れ出ると感じ、俯いた。

「ええ⁉　なにそれ！　もう。ウエディングで有名なデリエでしょ⁉　せっかくなんだし、いい予行練習だと思っていろいろ試着して楽しんじゃいなよ！」

そのとき、遠くの売り場から梨々花を呼ぶ声が聞こえる。

「あ、はーい。じゃあ、今度ゆっくり話聞かせてね！　写真も見せてね！」

梨々花は鈴音の肩をポンポンと叩き、急いで戻っていった。鈴音は、梨々花の言うように、開き直って楽しむ余裕があればよかったのに……と思い耽る。

「山崎さん、休憩どうぞ？」

「あ、ありがとうございます」

先輩社員に促され、鈴音はカバンを手にバックヤードへ向かった。社員通用口へ入った直後、カバンの中から今朝、佐々原からもらった封筒を抜き取った。

中身を出して書面を眺め、歩みを進める。入籍後に必要な手続きの内容を目で追うと、新たな戸籍謄本など必要書類のリストが記載されていた。

次の休みには用意しなければ、と考えていたところに携帯が振動する。画面には忍からのメッセージ受信が表示されていて、足を止めてメッセージを開いた。

早番だった鈴音は、六時半には家に着いていた。休憩直後に来た【話がしたい】という忍からのメッセージがなければ、まっすぐ帰らずに適当に時間をつぶして帰宅しただろう。

鈴音は夕食を作り終え、時計を見たときには八時になる頃だった。「ふう」と息を吐き、ソファに浅く腰をかける。

忍の言う『話』は、大体予想がつく。昨日、『披露パーティーなんて無理』と口走った件に違いない。

ふと、ゆっくりと視線を上げ、広いリビングを眺める。

『この家を出ていく』と言うつもりだった。だがよくよく考えたら昨夜、柳多に啖呵《たんか》を切った手前、自分の都合で忍の足を引っ張るわけにはいかないと思い直す。

柳多の言動も引っかかっている。自分は忍のそばにいたほうがいいのか、それともいなくなったほうがいいのか。柳多の行動が理解できず、判断しかねる。

ぐるぐると同じことを繰り返し考えていると、あっという間に一時間が経過していた。玄関から鍵が開く音が聞こえ、鈴音は弾かれたようにソファから立ち上がり、小走りで廊下へ顔を出す。

「お……おかえりなさい」

「ただいま」

今朝、顔を合わせたときの忍は、二日酔いで相当つらそうな姿だった。比べて今は、いつも通りの忍だ。

「具合はもう大丈夫ですか?」

鈴音の問いかけに、忍は背中越しに、ぼそりと答える。

「夕方頃にようやく回復した」

カバンをダイニングチェアに置き、ネクタイを緩めるのは毎日同じ流れ。鈴音はその様子を後ろから眺め、緊張した声で返した。

「それは……大変でしたね」

まともな状態の忍と向き合うのは、衣装合わせ以来。まるで、あの時間の続きのようで、気持ちが落ち着かない。

「柳多に相当絞られた」

忍は上着を脱ぎながら、ばつが悪そうにぼやく。

「柳多さんって、引っ越しのときも思いましたけれど、ここの家にずいぶん慣れているんですね」

忍を介抱する昨夜の柳多の行動は、無駄がなかったことを思い返す。

家の中に入ってすぐに、電気のスイッチの位置もわかっていたし、忍の寝室へも迷うことはなかった。さらには躊躇いなく寝室に入ったから、ああいう出来事に慣れているのかもしれないと感じた。

「変な誤解するなよ。柳多は昔、俺に仕事を教え込むために、ここへびっちり出入りしていただけだ」

「ああ、そうだったんですか」

忍は何度か頷く鈴音を横目で見たあと、外したネクタイに視線を落とす。

「教育係っていうか……柳多は、やたら親父に気に入られているのもあって。そのおかげで親父から仕事を教わらなくてよかったけど」

ネクタイの選び方から、メイク用品に至っては自社製品だけではなくライバル会社の製品まで、柳多が教えた。

「へえ……」

「柳多とはすぐ意気投合したし、年はちょっと離れているけれど、兄貴みたいな感じかな」

そんな存在が身近にいたのもあって、光吉の下で仕事を続けられているのかもしれない。柳多の話をする忍の表情は、穏やかで自然体だ。

「先にシャワー浴びてきてもいいか？」

「もちろんです。どうぞごゆっくり」

少し空気が柔らかくなって、鈴音の受け答えもこれまで通りのものになった。

リビングを出る忍を見送り、椅子に残されていた上着とネクタイをハンガーにかける。そうしてキッチンに立ち、完成した夕食をダイニングテーブルに用意していると、十数分後に忍がリビングに戻ってきた。並べられている皿を見下ろし、ひとことつぶやく。

「鯖《さば》……」

グラスをふたつ手に持ってやってきた鈴音は、顔を真っ青にして慌てた。

「えっ。も、もしかして苦手でした？　美味しそうな鯖だったので、つい……。ごめんなさい」

「いや。鈴音が謝ることじゃない。ただの好き嫌いだ。今日は食べる」

「や、無理しないでください！　今、ほかになにかべつのものを……」

グラスをテーブルに置き、急いでキッチンに足を向けた。瞬間、忍に手首を捕らえられる。びっくりして振り返ると、忍が首を横に振った。

「いいから」

鈴音は目を見開き、「はい」と小さく返すと、素直に従って足を止めた。忍が席に着いてから、向かいの椅子に腰を下ろす。

ふたりの前には、温かな夕食が並んでいる。けれども、両者とも口をつけるどころか箸すら手に持たない。鈴音は手元を見ていたが、なんとなく忍の視線を感じていた。

すると、ついに忍が開口する。

「先に伝えていた、話のことだけど――」

「わかっています。昨日のことは忘れてください。ちょっと慣れないことが続いて、弱音を吐いてしまったんです」

鈴音は、まるで見計らっていたかのように即答する。忍の『話』を細部まで聞くのが怖くて、それを聞かなくてもいいように言葉をかぶせた。

「いや……」

「大丈夫です。約束はきちんと守りますから」

そして、自分に言い聞かせるようにしっかりと答える。

結婚してしまった以上、家を出ても解決しない。一瞬、決心が揺らいだけれど、ちゃんとすべきことを全うし、けじめをつけてから籍を抜かなければ、と気持ちを戒めた。

忍はなにか言いたげだったが、箸を手にし、「いただきます」とつぶやくなり、一番に鯖味噌を口に運ぶ。鈴音はその行動に驚愕し、おどおどと言う。

「あの……本当に無理しないで」

「あれ？」

突然、忍が不思議そうな声を上げた。鈴音が目を丸くしていると、その間に忍はまたひと箸つける。

「……平気だ。あの独特なくさみがない」

「え？　あ、煮物だからですかね。お酒やお味噌、生姜も使ってますし……」

そのあとも忍は自分のことなのに不思議そうに箸を進め、すべて平らげた。鈴音はにこりと笑う。

「すっかり体調が戻ったようで、よかったです」

それから、さらに二日が経った。

忍とはまたすれ違うような生活を惰性で過ごしていた。顔を見たいが、見れば気持ちが昂る……そんな葛藤をしつつ、今日は休日。鈴音は午前中から外出していた。行き先は区役所。必要書類を揃えるためだ。

本来なら入籍後、すぐに手続きすべきなのだろうが、鈴音は仕事をしているうえ、披露宴の準備だなんだと、時間にも気持ちにも余裕がなかった。けれど総務から回答も届いたので、さすがに重い腰を上げた。

婚姻届を用意した際、忍も同時に本籍地を今のマンションに変更する旨を聞いていた。なんの疑いもなく最寄りの区役所に到着すると、戸籍謄本を一部申請する。

数分後、番号を呼ばれて窓口へ向かった。

「申し訳ありませんが、ご記入いただいた内容の戸籍はございません。ご住所等、お間違えありませんか？」

「え？」

やや不審な目を向けられ、困惑する。提出した書類を戻され、その場でもう一度確認した。が、内容に間違いは見受けられない。

「あの、住所も名前も間違っていないんですけれど」

鈴音がかけ合うも、窓口の女性は困った顔をするだけ。

「じゃあ、同じ住所で、黒瀧 忍の分は発行できますか？」

「申し訳ありません。戸籍謄本は、ご家族以外の方が申請するには委任状が必要でして……」

女性に言われ、眉をひそめる。

忍とはすでに〝家族〟だ。しかし、役場の人がそんなことを見落とすわけがない。

鈴音は混乱したが、落ち着いてひとつずつ経緯を遡り、ふと思う。

婚姻届は柳多が届け出たと聞いた。柳多のような人間ならば、提出を忘れたりミスをしたりなどしないだろう。

鈴音は嫌な予感がして、窓口の女性に願い出る。

「すみません。戸籍謄本ではなく、住民票にしてください」

そうして新たに申請書を書き直し、住民票を待つ。鈴音が忍のマンションに引っ越す際、柳多が手続きするような話が上がっていたが、自分のことだからと断った。住民票を異動したのは自分だ。ということは、住民票ならば必ず出してもらえる。

ついに番号を呼ばれ、住民票を受け取った瞬間、時が止まった。

【世帯主　山崎鈴音】

直感で【山崎鈴音】と記入して申請してみたが、予感は的中だった。忍と鈴音の間には、婚姻契約は結ばれていない。

突きつけられた事実に、しばらくの間、衝撃を受ける。鈴音はフロアの真ん中に立ち止まったまま、茫然と自分の名前を見つめ続けていた。

胸にぽっかりと穴が空いたように虚しくなっている理由は、法律上だけでも忍の妻になっていると思っていたから。バカみたいなことだが、鈴音にとってその繋がりだけで精神を保たせていた。行き場のない思いを、妻という肩書きで押し込めていた。

住民票を握る手に力を込めると、俯いていた顔を上げる。まっすぐ前を見て踏み出す鈴音の瞳は、吹っ切れていた。

区役所を飛び出し、ローレンス本社へ急ぐ。鈴音はタクシーから降りてすぐ、駆け出した。建物手前の階段でうっかりつまずき、足首を捻って転んでしまった。

「いたた……」

顔を歪め、ふらりと立つ。今は、足の痛みも周りの視線も、気にしてなんかいられない。

すぐに受付に向かったが、あいにく接客中で話ができない。鈴音は待ちきれず、勝手に専用エレベーターへ向かった。途中、ガードマンに止められかけたが、以前訪問した際に顔を合わせた相手で、運よく通してもらえた。

いつもなら必ず順序立てて行動するが、そんな常識を飛び越えてしまうほど気が急いていた。エレベーターを降り、角をひとつ曲がって秘書の女性と対面する。

「突然すみません。至急、秘書室長の柳多さんにお会いしたいんですが」

秘書も、受付からの連絡がなにもない状態で突然現れた〝副社長の妻〟に動揺し、しどろもどろになる。

「あの……今は副社長室に」

「ありがとうございます」

「あっ。少々お待ちくだ――」

鈴音を呼び止めようとしたタイミングで、秘書デスクの内線が入る。秘書は迷いつつも内線を取って、鈴音の背中を横目で見送った。

颯爽と副社長室へ向かう鈴音は、迷いなど見られない。ドアの前で足を揃え、右手の甲を打ちつけようとしたときだった。

「正気か⁉　今さら本気でそんなこと！」

珍しく取り乱した柳多の声が漏れて聞こえ、鈴音は止まった。頭で考えるよりも先に、ドアに耳を近づけ、息を潜める。

「そうする意味を見失いかけている。でも、それでいいかとも思っている」

「なんでそんな急に」

柳多の焦慮に駆られた様子が伝わり、彼が秘めている思いを探って耳をそばだてる。

「父親のことはどうでもよくなった。だけど、やりたいと思っていることは消えたわけじゃない。ただ、のし上がることが最優先ではないと気づいただけだ」

声が小さくて聞き取りづらかったが、『父親のことはどうでもよくなった』と、はっきり聞こえた。

その言葉だけで、鈴音はうれしい気持ちがじわりと胸に広がっていく。忍は負の感情から抜け出し、自分の未来のために生きていくのだと思うと、顔が綻んだ。

「俺はよくない。なんのためにこれまで……。傲慢なあいつを蹴落とし、見下すためにっ」

柳多の奥歯を強く噛むような、悔しげで苦しい声がする。

忍の意思が変わった部分は〝父親に対する思い〟。それに対して焦っているとするならば、柳多も忍と同じ気持ちを抱えていたことになる。

つまり、理由は知らないが柳多も光吉を陥れたい、ということだ。

「それはわかってる」

忍が言うのと同時に、電話が鳴った。鈴音は、音が途切れて少しの間、その場で待機していたけれど、突如はっとする。次の瞬間、目の前のドアが勝手に開いた。

「鈴音！」

「あ……」

「鈴音様⁉　いつからそこに……！」

柳多が驚いて声を上げると、答えたのは忍だ。

「数分前だろう？　今、秘書から内線が来た。少し前に鈴音がこっちに向かったと」

「じゃあ、今の話を聞いて……」

鈴音は盗み聞きしていた事実に肩を窄めたが、開き直って顔を上げた。ふたりに改めて向き合い、頭を深く下げる。

「盗み聞きなんて真似《まね》をして、ごめんなさい」

忍と目を合わせ、ゆっくりと微笑んで言う。

「忍さん。吹っ切れたならよかった。呪縛から解放されたんですね。本当にもう私は不要ですね」

「それは……」

初めは、一刻も早く偽装夫婦の重い役割から解放されたかった。けれど、抱えていた不安は、今ではまったくべつの形になっていた。

いつまで彼の隣にいられるのかという、別れの不安に。

「柳多さん」

「は、はい」

鈴音は手を前に組み、密かに結婚指輪の感触を確かめる。それから、笑顔で言った。

「実は私、来る途中、足を挫いてしまって。すみませんが、駅まで送っていただけませんか?」

「え? ええ。構いませんが……」

柳多は戸惑いつつも鈴音に歩み寄る。差し出された柳多の手に鈴音はそっと触れ、出口へ足を向けた。

「鈴音! 俺になにか用があったんじゃないのか? だったら、俺が送るから」

「するべきこと……もうはっきりしたんですよね? 私に構わず仕事に専念してください」

鈴音は追いかけてこようとした忍を窘め、最後は微笑みかけた。

「私はずっと、忍さんを応援しています」

ドアが閉まってからも、忍はしばらくその場から動けずに茫然としていた。

「少し出てくる。すぐに戻るから」

柳多が手短に秘書へ伝えると、女性は「はい」と頭を下げてふたりを見送った。エレベーターホールに立つと、柳多が開口する。

「足は平気ですか？」

「はい。病院へ行くほどではないと思うので」

ボタンを押す柳多の背中に、淡々と答える。柳多は鈴音を振り返り、薄い唇をまた開く。

「本当は副社長に用事があったのでは？」

すると、鈴音はやおら柳多を見上げた。

「大丈夫です。用があったのは柳多さんですから」

鈴音が射るような視線を向け続けていたところに、エレベーターが到着する音がした。ドアがゆっくり開いていくのにも構わず、ふたりは視線を交錯させて動かない。

「あっ」

突然聞こえた高い声が、ふたりの空気を変えた。エレベーターの中を見ると、星羅が乗っている。星羅は鈴音を見つけた瞬間、睨みつけながらエレベーターを降りた。

「こんにちは。柳多さん」

「……星羅様」

いきなり現れた星羅に、柳多は珍しく驚いた顔をしてみせた。星羅は鈴音を無視して、柳多にだけ笑いかける。

「今日はいかがされました？」

「ふふ。例の件、お父様に交渉中だけれど、いい返事をもらえそうな雰囲気だったから。そろそろ忍さんと直接お話ししたいなあって」

鈴音はあからさまな態度に憤慨することもなく、ふたりのやり取りを眺めていた。以前、ふたりでいたところを目撃した際は衝撃を受けた。けれど、今の鈴音は星羅と柳多の関係など大きな問題ではない。それよりも、忍とは婚姻していなかった事実のほうが重大でショックだった。

「ああ。ですが、副社長は少々スケジュールが詰まっていまして。私に事前に連絡いただければ……」

「まあ。それは以前、余計な事件や怪我などがあったから？」

柳多のよそ行きの返しに、星羅は間髪容れずに言った。予想だにしていない星羅の言葉に、柳多は戸惑う。

「昨日お父様から聞いたの。この間、忍さんが大変な目に遭ったらしいって」

星羅は長い睫毛を伏せ、高級なパンプスで絨毯の上をゆっくり歩く。柳多を横切り、鈴音の目前で足を止めると、鋭い視線を向けた。

「傷害事件は、あなたが忍さんにかかわらなければ起きなかったことでしょう？　なんで彼が危険に晒されなければならないの？」

星羅のストレートな攻撃は、鈴音には大打撃だ。それはずっと自身でも後悔し、心を痛めていたこと。さすがに一瞬、怯んだ表情を見せてしまう。星羅はそこに追い打ちをかけ、辛辣《しんらつ》な言葉を投げつける。

「本当の妻じゃないし、彼に愛されてもいないくせに！」

星羅の罵倒が胸に突き刺さる。だが、逆に他人にはっきり口にされたことで、鈴音は自分の気持ちに踏ん切りをつけた。星羅の喉元から視線を少しずつ上げ、まっすぐ見据える。水を打ったように静まり返るホールで、口を開いた。

「あなたが言うことは正しいです。怪我は私のせいだし、妻なんかじゃない」

星羅は鈴音の荘重な雰囲気に目を奪われ、息を呑んだ。

「だ……だったら、早く忍さんの前から消えてよ！」

おどおどとしつつも睨みつける星羅に、鈴音は静かに微笑みかける。

「な、なによ！　私は本当のことを言っただけよっ！」

星羅が捨てゼリフを吐いて早足で去っていったが、鈴音は視線で追うことすらせず、エレベーターのボタンに手を伸ばした。すぐにドアが開き、先に乗り込むと、柳多もあとに続く。鈴音が下降し始めるエレベーター内で、ふいに零した。

「星羅さんの希望通り、私が彼の前から姿を消せば、これまでのことはなにもかもなかったことになる」

柳多は鈴音を凝視する。

「やはり、先にあなたが気づきましたか」

「忍さんと違って、さすがに私は柳多さんに、職場の書類申請をしてもらうわけにはいきませんから。あなたは当然、そろそろ私が事実を知るとわかっていましたよね?」

「……そうですね」

「初めからそういう予定だったということは、私の役目は本当に〝繋ぎ〟というところですか」

鈴音はくすりと笑い、階数ランプの【1】が点灯したのを確認してエレベーターを降りた。柳多を振り返ることもせずに、出口へ向かう。何歩か行ったところで足を止め、背中越しにぽつりと言った。

「けれど、あの傷や指輪を見れば、きっと忍さんは私を思い出しちゃいますよね」

思わず小さく笑いを零し、柔らかく目を細める。視線を落とした拍子に自分の手が視界に映り込み、そっと左手を動かした。

薬指にはまだ新しい結婚指輪。たった数日しかつけていないのに、もう自分の一部のようになっている。慣れというものは怖い。

鈴音は改めて感じ、指輪を覆い隠すように右手を載せた。

「それがうれしいと思う私は……怖い女です」

鈴音は口元に笑みを浮かべていた。しかし、背中は泣いているようにしか見えない。

「ありがとうございます。ここでいいですから。失礼します」

くるりと柳多と向き合い、たおやかに礼をすると、黒髪を靡かせ去っていく。外に出た直後、追いかけてきた柳多に腕を掴まれる。

「少しだけ、話を聞いてくれ」

懇願する柳多に鈴音は初め驚いたが、一度だけ静かに頷いた。

正面玄関と違って、とても静か。さっきまでいた建物と同じビルとは思えない。

柳多に連れられたのは、建物の裏手にある非常階段だ。普段からかかっているチェーンを越えて、数段上ったところに柳多は腰を下ろしている。

鈴音は柳多よりも下の段に立っていた。ちょうど目線の高さが一緒で、なんとなく柳多が対等な相手に思えた。それは、柳多が裃《かみしも》を脱いで向き合うことを決めたせいもあるだろう。

「俺の父は、化学薬品を取り扱う小さな会社の社長だった。休みも少ない中、充実した顔で仕事していたのを今でも覚えている」

いきなり語り出した内容に、鈴音は思わず目を見開いた。

柳多が進んで自分の話をすることなどなかった。それを、もう関係のなくなる自分に話すことに驚いた。

「あるとき黒瀧光吉は、父が新しく開発していた薬品に目をつけた。それを手に入れるため、圧をかけて父の会社を吸収合併した。俺が高校生の頃の話だ」

柳多の瞳を見れば、なにか強い意思を感じる。これまで感情的になったところもほとんど見せなかっただけに、些細な変化が目立って感じられる。

柳多は過去を思い出しているかのように一点を見て、言葉を紡ぐ。

「経営は安定したかもしれないが、これまでと違って、ただ命令を聞くだけの仕事内容に、当時の社員は疲弊していたみたいだった。曾祖父から受け継いだ会社だから、父は自責の念に駆られていたよ」

微苦笑をたたえ、そのあと、奥歯に力を込める。鈴音は柳多が自身の手を力いっぱい握りしめているのに気づき、ようやく答えた。

「お父様の仇討《かたき》ちだったんですね……」

忍と目的が一緒だとわかったときから、柳多も光吉を嫌っていると予想はしていた。その理由はわからなかったが、やっと今、腑に落ちた。

とはいえ、憎い相手に仕えるなど、どんな精神力なのか。考えてみれば、柳多は光吉の一番近くで何年も勤めていると聞いた。本当の気持ちを隠し、信頼を得ながら毎日過ごすなど、想像を絶するものだろう。

「吸収合併なんてよくある話だ。ただ、そのあとの扱いがひどかったよ。父は開発とはまったく関係のない部署の窓際に配置され、今は海外で工場職員の面倒を見ている」

柳多は乾いた笑いとともに、遠くを見つめた。

「もう何年も、笑って仕事の話をする父を見ていない。……いや、顔すら見ていない」

鈴音はふと、忍の言葉を思い出す。

柳多とは意気投合し、兄貴みたいな感じ、と話していたのはその通りだと感じた。目の前の柳多は、どことなく忍に似ている。燻《くすぶ》った心をうまく整理できず、苦しみ、もがきながら、必死に前を向きたいと願っている。ふたりはそんな葛藤の中にいたのだろう。

「だから、あいつを引きずり下ろせば……そして忍が上に立てば、きっと変わる。なのに忍が急に……」

柳多の目の色が変わる。それに気づいた鈴音は、まっすぐぶつかっていく。

「柳多さんが婚姻届を出さなかったのは、ほかに適任者がいると思っていたから？」

鋭い指摘に柳多は思わず顔を上げた。

「星羅さんは柳多さんのお眼鏡にかなっていますか？　それで蜜月関係になろうと？」

片時も視線を逸らさず、さらに、突っ込まれたことは図星だったようで、柳多は瞬きもせず固まった。

「そう。彼女は……彼女の父である西城戸は、うちの株を多く持っている。愛娘を使って、うまく丸め込めればと思っていた」

「最終手段が、忍さんとの結婚ですか」

「きみと未入籍にしておけば、どうとでも動けると思ったんだ……」

大株主を手中に収めれば、都合のいいように持っていける。忍の意思を星羅越しに西城戸へ伝達し、有利な方向へ進められると踏んでいた。柳多にとって、忍の結婚相手とは、そのためのものだと考えていた。

確かに鈴音が言うように、柳多にとって最終手段ではあったが、忍も暗黙の了解を示していた――はずだった。

「しかし彼は、きみと出会って変わってしまった。その変化に気づいて、秘密裏に婚姻届を差し止めた」

柳多は顔を背けて白状する。

「さっきの忍さんとの会話で、柳多さんも忍さんと目的は一緒なのだと察しました。だけど、その目的が達成できなくなりそうな今、向ける矛先は彼ではなく私ではないんですか」

鈴音は冷静に問い、軽く眉を寄せて切望する。

「彼を……忍さんを、裏切るような真似はやめてください。あなたを兄と思って慕っている彼を傷つけないで」

鈴音は今日まで、嫌味を言われても敵意を向けられても、派手に感情を出すことはしなかった。それは今も同じで、柳多の一存で婚姻届が未提出なのだとわかっても、取り乱して責め立てることもしない。そんな鈴音が、忍を思って熱く瞳を潤ませる。

「忍がきみに、そんなことを……？」

柳多は瞳を大きく揺らした。男同士なこともあって、忍の口からそういう言葉を聞いたことなどない。嫌われてはいないことくらいはわかっても、どう思われているかまでは知らないし、知ろうともしなかった。

「忍さんはあなたを裏切ろうとなんてしていません。ちょっと方法を変えるだけ。それは長年一緒だったあなたが、一番わかるでしょう?」

柳多は握った拳すらも小さく震えているのに気づき、やっとまともに鈴音を見つめ返す。

「確かに。俺の目的は社長の失墜であって、社員を路頭に迷わせることでも……彼を追いつめることでもなかった。申し訳ない」

深く頭を下げる柳多を見て、自然に頬が緩んだ。ほんの一時、感情的になってしまっただけで、やはり本質は忍の兄貴分であり、支え合う間柄なのだと確信する。

柳多のような頼れる存在が忍のすぐ近くにいることは、とても安心できる。

鈴音はいつしか力を抜いた手を手すりに載せ、空に浮かぶ白い雲を仰ぎ眺める。

「ところで、どうして私に話をしようと思ったんですか?」

さっき会社の玄関で腕を掴まずに放っておけば、なにも知られることはなかった。わざわざ呼び止め、こんな人気のないところで時間を割いて向き合ってくれたことは、なんだか柳多に認められた気がしてうれしい。

「ああ。そっか。もう関係なくなる人間だと、逆に悩みとか言えたりしますもんね」

柳多が答える前に、鈴音は自ら答える。

すべてを吐き出して、一から忍とともに歩むために。新たな目標のために。

それが柳多の思いではないかと考えたとき、自分の目的も忍の望みを叶えること だったな、と思い耽る。けれど、柳多と鈴音では立場が違う。忍の目標のために柳多 はそばにいるべきであって、逆に自分は離れるべきだと信じて疑わない。

鈴音は澄んだ空気をいっぱい吸い込み、「ふー」と一気に吐き出し、顔を戻す。

「柳多さんも、お父様のように笑って仕事ができるようになるといいですね」

満面の笑みで言うと、先に非常階段を下りて柳多の元を去った。


その頃、会社に残っていた忍は、星羅と向き合っていた。しかし、頭の中は鈴音の ことでいっぱいだ。

さっき鈴音が『自分は不要だ』と放った言葉を、なぜすぐに否定しなかったのかと 後悔していた。もっとも、『そんなことはない』と言ったところで、鈴音を引き止め られたかは微妙だ。

わかっていたはずだった。鈴音が自分の言うことだけを聞くような女性ではない、と。出会ったときから、鈴音は無理なことを無理とはっきり言う女性だった。だからこそ今は、鈴音の意思で自分のそばにいるのだと、自惚れていた。

忍は、いつしか隣に鈴音がいることを当たり前だと思っていた。手を離せば、鈴音は消えていなくなると痛感し、虚無感に襲われる。

そんな中、星羅はおずおずと部屋の中央まで歩を進め、上目で猫撫で声を出す。

「あの、柳多さんに話を伺っています。私がお手伝いできるならと思って父に相談したら、今後は忍さんを支持するような話をしてくれて」

前々から、星羅に好意を向けられていると気づいていた。当然、柳多もそれを知っている。だから、柳多が星羅を利用して画策しそうなことくらいは想像がつく。

「そう。それはありがたい。が、近いうちに、柳多がその話自体、訂正しに行く」

「え？　それはどういう……」

きっと柳多も鈴音と腹を割って話をすれば、逆上していた心が落ち着くはず、と信じていた。鈴音は人の心を浄化する不思議な力を持っている。それは、忍が今までひしひしと感じていた。

これまで、自宅に誰かがいると神経を使うと思っていたが、鈴音は違った。普段は黙って話を聞いて、大事な場面でははっきりとものを言う。鈴音が動くときは、大体が自分のためではなく、誰かのため。

あの純朴で凛とした瞳に、何度も惹かれた。仕事がうまくいっても、これからは報告する相手がいない。親身になって話を聞き、ときには叱咤《しった》しても……夜には寄り添って眠る……そんな大きな存在がなくなる。

忍は、グッと拳に力を込め、星羅を見た。星羅はそわそわとし、落ち着きなく自分の髪の先を撫で続ける。

「小賢《こざか》しい真似では、本当に欲しいものを手に入れられないと気づいたんだ」

「そんなこと！　忍さんなら思うままにできます。父も、忍さんの実力を買っていて」

「きみを利用すれば、その時点で俺の実力ではない」

追い風が来ているはずの星羅だったが、忍の反応は素っ気なく、まったく手応えがない。下唇を噛んで、せっかくのグロスも取れかけている。

「そうおっしゃるなら、あの子との恋人ごっこも解消したんですよね？　さっき、本人が『妻じゃない』って白状しましたから。そういうの、偽装っていうんですか？　このことが、外部に漏れれば――」

星羅はプライドが許さず勢い任せに追及し、優位に立とうとたたみかけた。

忍は星羅のように、干渉してきては感情に走る女性が嫌だった。約束だけ守ってくれれば、それでいい。深入りされたくなくて、選んだ相手が鈴音だ。

なのに、今は忍のほうが深入りしている。

「いや。彼女は俺の妻だ。彼女以外は考えられない」

ばっさりと言い捨てる忍は、ひどく鋭い目つきだ。よそ行きの忍の顔しか知らない星羅は、顔を真っ青にし、よろりとあとずさる。

「しっ、失礼します……！」

星羅はバタバタと部屋を飛び出していった。入れ違いで、今度は柳多が現れる。忍は目を見開き、柳多に飛びかかる勢いで聞く。

「柳多！　鈴音は大丈夫だっ――」

忍の言葉が途中で止まる。ふいに柳多に突きつけられた紙切れに、目を奪われた。わなわなと身体を震わせ、柳多の手から乱暴に奪い取った。

「なぜこれがあるんだ！」

「星羅さんが言ったことは嘘じゃない。鈴音様が『妻じゃない』と言ったのは、このことを知っていたからです」

飄々《ひょうひょう》と事実を述べる柳多を、忍はものすごい形相で睨みつける。

忍の瞳に映し出されている文字は、見覚えがある。鈴音の母と、自分と鈴音の筆跡だ。忍は怒りに満ちて、場所も考えず声を荒らげた。

「――柳多ぁっ！」

忍は婚姻届を手放し、勢い余って乱暴に胸ぐらを掴む。柳多は忍の血管が浮き出る手を見ても、慌てることもしない。

「嘘をついていた。ごめん。完全に心を見失っていた。気の済むようにしてくれ」

柳多は殴られてもいいと言わんばかりに軽く目を閉じ、両手をそっと上げる。忍はしばらく柳多の襟を掴んでいたが、奥歯をギリッと鳴らして堪え、手を解放した。

柳多に手をかけたところでなんの解決にもならない。それよりも、鈴音とは赤の他人のままだった事実に、こんなにも動揺していることに驚いた。

鈴音は特別だ、とすでに認めてはいた。けれども、想像を遥かに超える喪失感に困惑し、焦慮に駆られる。すると、柳多は襟元の皺を伸ばして、婚姻届を拾い上げた。

「俺が今できる償いは、これを渡して送り出すことかな？　今日の仕事はこっちでどうにかしておくから」

忍は窺うように柳多をじっと見る。今の柳多は信じられることを確信し、差し出されていた婚姻届を受け取った。

忍が瞬く間に部屋を飛び出していき、柳多は広い室内にぽつんと残される。すぐに忍のデスクから電話の音が鳴り響き、軽く頭をかいてつぶやいた。

「大口叩いちゃったなあ……。まあでも、あんな必死な背中を見せられたら、俺もやるしかないか」

軽いため息をついたあと、鳴り続ける電話の受話器に手を伸ばした。


忍は副社長室を出てすぐ、携帯を取り出した。エレベーターを待っている間に鈴音へ電話をかけるも、電源が入っておらず通じない。

無意識に舌打ちが出てしまうほど苛立っていた。鈴音や柳多に対してではない。行動が遅すぎた自分に、だ。

エレベーターに飛び乗り、下降している間も時間がもったいなく感じる。

外に出たはいいが、探す当てもなく立ちつくす。しかし、ここで止まっていられない。忍はすぐさまタクシーに乗り込み、自宅を目指す。マンションに着くと、コンシェルジュが忍を見て目を大きくさせた。忍はつい余裕のない対応をする。

「なにか？」

「あ、いえ。平日のこのお時間に珍しいなあと」

「ああ。ちょっと急用で」

コンシェルジュの前を横切った際、ぽつりと言われる。

「奥様も先ほど急いでいる様子でしたが、もしかして、すれ違われていたり？」

忍はぴたりと足を止め、血相を変えてコンシェルジュに詰め寄る。

「妻が出た……？　どのくらい前に！」

「えっ。本当に、つい先ほどで……五分くらい前かと」

考えるよりも先に身体が動き、マンションの外に出る。だが、鈴音の姿は見当たらない。どこへでも構わないから、今すぐ走り出したい衝動に駆られる。その先に鈴音がいると信じて。どうにか理性を保ち、グッと堪えて、一度部屋に戻る選択をした。

「もういらっしゃいませんでしたか……」

コンシェルジュが肩を落とし、声をかける。

「ああ。でも、教えてくれてありがとう」

「あの、先ほど申し遅れましたが、私、奥様からキーを預かっていますので、お部屋には入れますから。ご安心を」

そう言って笑顔でキーを渡される。忍はキーを忘れて焦っていると思われていることを察した。

鈴音がコンシェルジュにキーを預けた意味を、悶々と考えながらエレベーターに乗った。最上階に着き、玄関を開け、真っ先にリビングへ向かう。忍の脳裏には、ソファの隅に遠慮がちに座っていた鈴音が立ち上がり、『おかえりなさい』と言う姿が浮かぶ。

整然としたキッチンを眺め、おもむろにダイニングテーブルへ視線を移した。死角になっていたテーブルの端に、見慣れたメモ用紙を発見する。メモに飛びつくと、その上には結婚指輪が置かれていた。華奢な指輪を摘まみ上げ、手のひらに載せる。

メモには【ありがとうございました】と、ひとことだけ。

鈴音の結婚指輪を、まじまじと見る。購入したのはつい最近ではあるけれど、まるでショーケースから出した直後かのように綺麗だ。

ふと仕事中の鈴音を思い返し、この指輪も商品と同じように大切に扱っていてくれたのだと思って、胸が熱くなる。静かに指を折り曲げ、指輪を握りしめた。

メモを拾い上げて、もうひとたび目を落とすと、下のほうに小さく書きかけの文字を見つけた。

「p.s.……?」

リビングでつぶやいたあと、しばらくその文字を見つめる。そして、指輪とともにメモも内ポケットへ入れた。

公開求婚

ゆっくり睫毛を上向きにさせていく。和紙でできた和風ペンダントライトが吊《つ》り下がっている光景は、見慣れない。

身体を起こし、かけ布団を除けて立ち上がる。窓際へ向かい、静かにカーテンを開いた。朝に窓から海を眺めるのは、今日で二回目。鈴音が忍のマンションから出た日から数えて、三日目。

別れを決意して出てきた、あの日。鈴音は書き置きと指輪を残し、少しの荷物だけを持って電車に乗った。

一度目の乗り換えの際、佐々原へ連絡を入れた。仮病を使うのは、迷惑で非常識だと頭では理解していた。だが、どうしても時間が欲しかった。

出勤して売り場には立てても、すぐ忍に見つかりそうだと思ったのだ。衣装合わせのときに、腕を掴まれたように。

そんなふうに思うと冷静にはなれなくて、電話越しに佐々原へ何度も頭を下げた。たまたまシフトが飛び石になっていて、間の日に休みをもらうと三連休になった。

残り二日休みがあれば、心の整理がつく。いや、つけなければならない。そう決めて、鈴音はまた電車に乗った。

夕方に辿り着いたのは東伊豆。駅付近は都会の喧騒《けんそう》とはちょっと違って、観光客が賑わいを見せていた。そして一軒の旅館に到着する。そこは、前に明理がくれた、無料宿泊券で泊まる予定の旅館。忍と訪れるはずだった伊豆に来てみたくなったのだ。

宿泊先はたくさん選べるほどあるのに、あの宿泊券に記載されていたところにした。もちろん部屋はスイートなど豪華なものではなく、低価格のシングルだ。

その日はすぐに休み、翌日は痛めていた足も調子がよさそうだったので、行き先も決めず、ただふらりと近場を観光した。

動物や植物を鑑賞し、足を休めながら今度は海沿いを歩き、夕陽を眺めて一日が過ぎ去った。そして今、瞳を虚ろにして新しい朝の景色を眺める。

「今日も波が穏やかだなあ」

伊豆で観光したところは、どれを取っても忍のイメージとはかけ離れていて、本当に伊豆に来るつもりだったのか、とふいに笑いを零した。

傷心旅行だなんて、そんな大層なことは言えないけれど、鈴音はこの伊豆にすべての思いを置いて東京に帰ろうとしていた。

「……よし！」

海に向かってつぶやき、踵を返す。着替えを済ませ、化粧も終えると、大きめのトートバッグにポーチや小物をしまう。荷物はほとんどマンションに置いてきた。いくら物が少ないとはいえ、短時間ですべてを持って飛び出すには無理があった。

荷物は今の状況と、気持ちが落ち着いてからでいい。そのあとで、仕事のない日に取りに行くか、最悪、柳多にお願いして送ってもらえば済む。

鈴音はおもむろに、テーブルの上に置いていた携帯と手帳を手に取る。

あの日から、携帯は怖くて電源を切ってある。

「あ。電車、何時だったかな」

携帯を使っていない分、手帳が活躍する。移動手段などは携帯で調べず、旅館の人から事前に聞き、手帳に残した。

電車の時刻や道筋をメモしたページを探す。いつもなら、なにか書き留めるときはメモのリフィルを使うが、忍への書き置きで使ったのが最後の一枚だった。

「あった。九時二十五分がよさそう」

適当なページに走り書きした文字を見つけ、手帳を閉じようとした際に日記の部分が開いた。それは、昨夜書いたところだ。

【伊豆二日目。明日、私は東京へ帰る】

淡々とした文章は、自分へのメッセージでもある。

鈴音は手帳から目を背け、すっとカバンに入れた。


電車に乗って出発してから約二時間経ち、修善寺《しゅぜんじ》駅に到着した。次はバスに乗る。

車窓を眺めつつ、宿泊していた旅館の仲居との会話を思い返す。鈴音は質問に対し、

——『よくひとりで旅行されるんですか?』

『ひとりでゆっくり考えごとをしたくて』と答えると、母世代の仲居は、にこりと柔らかく微笑んで言った。

——『ひとりでゆっくりしたいんでしたら、西伊豆はお勧めですよ。特に私は達磨《だるま》山《やま》から見る富士山《ふじさん》の景色が好きですねえ。お時間があるならぜひ』

そんな他愛ない会話だったが、興味を引かれて達磨山へ向かっている。

仲居はすごく優しい人だった。見た目は綺麗で、少し忍の母・桜子に似ていたかもしれない。ちょっとしか顔を合わせたことのない忍の母。けれど、穏やかな雰囲気をまとっていた忍の母は、とても印象的だった。

流れる景色を瞳に映していても、鈴音が見ているのは忍の残像だ。無意識に忍を思

い浮かべ、記憶している彼の一挙一動に頬が緩む。

三十分ほどでバスを降り、すぐ登山口を見つけると迷わず足を進めた。

今日は東京に戻る日。時間が限られていることを仲居に説明したら、戸田峠《とだとうげ》という近い場所から達磨山に登ることを勧めてくれた。

天然のアセビが広がる珍しい風景を目にしながら、山道を歩き続ける。距離的には近いが、峠だけあって傾斜のアップダウンが激しく、八割登るかどうかのところで少し疲れが出てきた。登山するには荷物が多いのと、足が痛みをぶり返し始めたせいだ。

明らかにスピードダウンしていたが、ここまで来て引き返す頭はなかった。

この三日間、忍のことを考えないようにしていても、考えてしまっていた。しかし、山を登っている間だけ忘れられる。

笹《ささ》の間に、綺麗な道が作られている。そこを登っていくと、ついに達磨山の山頂に到着する。

「う、わあ……」

鈴音は思わず、感嘆の声を漏らした。

駿河湾《するがわん》と富士山を展望できる景観は、想像以上に綺麗で圧巻だった。〝日本で一番美しく富士山が見える場所〟と聞いていただけのことはある。

少し雲があり、富士山がくっきり見えないのが残念だったが、それでも十分に登った甲斐があったと思えるものだ。

山頂にはちらほら人はいたけれど、東伊豆のような賑わいではない。仲居の言う通り穏やかで静かな空気がそこにはあって、鈴音は大きく息を吸い込んだ。

こんなふうにリラックスをして、深呼吸をしたのはいつぶりだろうか。

閉じていた瞼をゆっくり押し上げていく。黒く澄んだ瞳に、遠くの富士山を映し出して、表情を引きしめる。

明日からまた、頑張ろう。立ち上がろう。

清々しい空気を胸に、自分を激励する。悲しい気持ちに引きずられないよう、この先に待っている現実と、目の前に広がっている景色のような楽しみを想像する。

心の中で『頑張ろう。大丈夫』と何度も繰り返し、来た道を引き返す。

登りのときと比べて緊張感が薄れていたせいか、小岩に足を取られ、尻もちをついた。短い悲鳴を上げ、衝撃で目を瞑る。

打った箇所が痛い。それに伴い、せっかく忘れかけていた足の痛みも思い出す。さらに身体の痛みに連動し、心の痛みにも敏感になってしまった。

「……痛」

　ぽつりとつぶやき、地面についた手を見る。左手の薬指が視界に入り、鈴音は一気に余裕がなくなって、咄嗟に両手で顔を覆った。

　こんなことは初めてで、忍と別れた日から二日経とうとしている今も、どうしていいかわからない。誰かをここまで求め、欲し、乞う気持ちになったことなんかない。数分前、頑張れると思っていた。でも実際はこんなに簡単に絶望に打ちひしがれる。

「大丈夫か」

　そのとき聞こえた声は、空耳だと思った。あまりに強く忍を思うせいで、幻聴が聞こえたのだ、と。

　鈴音は顔からやおら手を外し、ゆっくり上を向いていく。目の前に誰かが立っているとわかっていても、それ以上は怖くて視線を上げられない。そのうち、相手が膝を折り、目線の高さを合わせた。

「こんなところにいられたら、俺のメッセージが届かなくて当然だな」

　自嘲気味に笑いを零して話をする声は、心地いい音程で艶があり、容易に鈴音の動悸を呼び起こす。

　鈴音の前で片膝をつき、手を差し伸べてくれる相手とは……。

「し……のぶ……さん？」

——なぜ。

頭の中でそう思ったあとは、もうなにも考えられない。

正面にはスーツ姿の忍。それは紛れもなく本物で、夢ではない。少し疲れた顔でやや肩で息をし、いつも綺麗に手入れされている革靴を泥で汚している。どれを取っても忍とはミスマッチで、鈴音は茫然と見つめ続ける。

「まだ足が痛むのか？」

「どうしてここが……。その格好、仕事じゃないんですか？」

瞳を揺らし、掠れ声で尋ねる。忍はしれっとした様子で、表情も乱さず鈴音の足を診ていた。鈴音は睫毛を伏せる忍を間近で見つめ、もうひとたび口を開く。

「メッセージって……なんですか？」

震える唇を、どうにか動かした。すると忍は、鈴音の足首からそっと手を離し、初めの質問に答える。

「伊豆に来たのは、俺の勘。きみと連絡がつかず、職場、友人、実家に尋ねてもさっぱりで、いよいよ興信所に依頼しようかというところまで来ていたんだが」

鈴音は、そんなに必死に探しているとは思ってもみない。唖然としていると、忍がそっと頬に手を伸ばしてくる。

「ふと思い出したんだ。伊豆の話をしていたときの、鈴音の笑った顔を」

忍の微笑みに、胸が高鳴った。同時に、旅行の話でうっかりうれしい気持ちを顔に出していたことを知り、羞恥心を抱く。

鈴音が咄嗟に俯こうとしたら、忍は両手で顔を包み込み、まっすぐ目を見る。

「俺はきみのことを全然知らない。だけど、ここにきみがいる気がして……。藁にも縋る思いで、宿泊券に記載されていた旅館を訪ねた。そしたら、俺を知っていてくれた仲居がいて」

「え……？」

「その人が、きみはこの山にいるはずだって」

忍が三拝九拝して鈴音の情報を求めると、鈴音に達磨山を紹介した仲居が行き先を教えてくれたのだ。

鈴音は困惑するばかりで、言葉が出てこない。目の前の忍を瞬きもせず見続ける。

「柳多から、全部聞いた。金のことも婚姻届のことも」

すべてを知ったうえで、忍はここへなにを伝えに来たのか。期待と不安が入り交じり、思わず視線を逸らす。

「そう、ですか」

「柳多が謝って返してきた」

忍が内ポケットから取り出したのは、皺がついた婚姻届。鈴音は見た瞬間、意を決して名前を書き、両親に証人として書いてもらったことが鮮明によみがえる。

忍は静かに微笑んだ。

「籍を入れてからのもどかしい気持ちや、本当は婚姻関係ではなかったと知ったときの動揺は、初めてのことだった」

話しながら、一度広げた婚姻届は忍に再び折り畳まれた。忍にとって、それはもうただの紙切れなのだな、と切なくなる。

「動転するばかりで自覚が遅くなったが、答えは自分の行動にもう表れていたんだな」

やるせない気持ちで、ふと、婚姻届を内ポケットにしまう忍の手が視界に入った。

鈴音は、瞳に映る現実に息を呑む。

「忍さん……それ……」

忍の左手には、結婚指輪がはめられていた。鈴音が大きな衝撃を受け、固まっていると、今度は薄いブルーの紙の束が目に入る。鈴音が忍に宛てた、これまでのメモだ。

「こんな些細なものを、今まで捨てられなかった。その理由は、今ならわかる」

忍の手の中には、何枚あるだろうか。枚数どころか、どんな内容を残していたか、鈴音ですら全部は覚えていない。

「どうにか数時間抜けられるよう仕事を調整して、いるかもわからない伊豆まで車を飛ばし、夕方にはまた会社に戻らなければならない……そんな無謀な行動をしている理由も」

忍は確実なことを選んで生きてきた。勘や運なんて言葉は信用せず、根拠や保証を一番に考え、動くのが常だった。

しかし今、この場にいるのは決して裏づけられた確証があったわけではない。ある種の賭けだ。わかっていても、黙っていられなくて車に乗り込んでいた。それが無駄な行動だとは、一切考えることもせず。

「鈴音」

「……はい」

忍の若干緊張した凛々しい声に、鈴音は背筋を伸ばす。

「この結婚の約束を無期限にしたい。きみが好きだ」

刹那、風が舞った気がした。けれど、実際には笹の葉ひとつ揺れていない。

揺さぶられたのは、鈴音の心。

信じられない気持ちで、穴が空くほど忍を見つめる。

「入籍希望の八月八日は過ぎてしまった。だけど、悪いが来年までは待てそうもない」

忍はメモをポケットにしまい、自由になった両手を鈴音の艶やかな髪に、そっと差し込む。鼻先を近づけ、熱い眼差しを向けた。

「きみを手放したくない。もうこんな思いはたくさんだ」

飄々とし、冷静で精悍な瞳を持つ男——それが、忍の第一印象だった。それが不安そうに眉を寄せ、悲しげな色に染めた瞳を揺らす。

見たことのない表情に、鈴音は目を逸らせない。

「無期限って……本気ですか？　私を選んだって、なんのメリットもないのに」

忍はおもむろに鈴音から手を外した。忍の手が離れていくのを寂しく思っていると、左手を掬い取られる。

「そばにいてくれれば、少なくとも、今回のように胸を引き裂かれるような思いはしなくて済む。それは俺にとって、最大のメリットだよ」

忍の手の中には、鈴音が二日前に別れを告げた結婚指輪。再び薬指に舞い戻ってきた指輪が、じわりと滲む。

「どうやら俺は、鈴音にしがみつかれなきゃ眠れなくなったらしい。だから睡眠も保証されるな」

忍は鈴音の左手の指を絡ませ握り、もう片方の腕で鈴音の身体を引き寄せた。背中に手を回し、力強く抱きしめる。

「俺と本物の夫婦になってくれ」

鈴音は耳の後ろで確かに言われると、忍の温もりに包まれた。

たった三日間。しかし、三ヵ月にも三年にも感じられるような時間を過ごしていた。そのせいか、どこか懐かしい温度とにおいに、涙が自然に頬を伝う。

「……はい」

忍の広い胸はとても頼り甲斐があり、安心できる。瞳を閉じ、しばらく忍に寄り添っていると、質問される。

「最後の手紙のp.s.……あの続きは？」

あの日、鈴音は書こうかどうしようか迷っていたけれど、最後の最後で怖じ気づいた。新しいメモに書き直せなかったわけは、マンションで忍と鉢合わせをしないよう、急いで部屋を飛び出したから。

最初で最後だから伝えてみようかと、一度は迷った言葉。今、気持ちが通じたにもかかわらず、改めて口にするのはなかなか勇気がいった。だけど、鈴音も忍と同じ。もうあんな思いはたくさん。

鈴音は、すうっと息を吸い込む。

「――【好きです】」

忍の肩に小さい声を落としたあと、スーツの上着を握りしめ、もう一回、口にする。

「あなたが好きです」

速いテンポで身体中を巡っていく心音は、もうどちらのものかわからない。

忍は、そっと距離を取ってつぶやく。

「なんか……緊張するな」

「ふ。おかしいですね。人前でキスしたって平然としていたのに」

「そんなこともあったかな。それより、この前の鈴音からのキスは衝撃的すぎた」

「や！　あれはもう忘れてください……」

形勢は一瞬で逆転。鈴音は真っ赤な顔をして首を横に振る。情緒不安定だったとはいえ、大胆な行動を取った自分が信じられない。

「無理だ」

「ひゃっ……」

瞬く間に鈴音は抱きかかえられ、視点が一気に高くなる。空が近く感じたのも束の間、忍の顔が近くて、軽くパニックを起こしそうだ。

忍は口元に緩やかな弧を描き、満たされた表情を見せる。

「忘れられないから、今、俺はここにいる」

鈴音は額をこつんとぶつけられ、柔らかな声で囁かれた。

「帰ろう。一緒に」


東京に着いたのは、夕方五時前だった。マンションに連れられると、エントランスで待っていた柳多が、柔らかく目を細める。

「おかえりなさい」

「……ただ今戻りました」

鈴音はぎこちなく頭を下げる。もう二度と顔を合わせないつもりで、最後に話をして別れた手前、ちょっと気恥ずかしい。

柳多は、ほっとした様子で言った。

「無事に見つけられたんですね」

「まあな。ああ、ちょっと待っててくれ」

忍の携帯が話の途中で割り込むように鳴る。忍は、面倒くさそうに少し離れて電話に出た。

「訂正させてほしい」

鈴音は突然、柳多に真剣な面持ちで言われ、目を瞬かせる。

「え？　なんでしょうか？」

「以前、きみは『自分が関係なくなる人間だから俺が個人的な話をした』と言っていたね」

「ああ……」

それは二日前。柳多と最後に交わした会話のことだ。

「あれは違う。きみがいなくなるからではなく、特別だから話をした。彼の本当の結婚相手である、鈴音ちゃんに」

面と向かって『特別』と言われるのは、恋愛上のことではなくてもくすぐったい。

「まだ……なにも実感はないです」

鈴音は、忍の背中を見つめてつぶやいた。

「ああ。そうか。知らないんだ」

「え？」

柳多は笑みを浮かべ、ポケットから出した携帯を操作し、鈴音に手渡す。画面には忍が映っている。昨日行われたローレンスの新作発表の動画だ。きょとんとして柳多に一度目を向けるが、取材陣が投げかけた質問に、再び視線を携帯に戻す。

『黒瀧副社長は、これらの新作をどなたに贈りたいですか?』

テレビでは、よく見かける光景だ。ちょっと色めくような質問を吹っかけ、ニュースにする。そんな質問を浴びせられている画面の中の忍を見て、鈴音は思う。

こんなことを忍に聞いたところで、報道関係者が期待しているような返答はしない。忍がリップサービスをするなど、ありえない、と。

すると、携帯のスピーカーから〝ありえない〟回答が流れてくる。

『初めて振り向かせたいと思った女性がいるので、早くその彼女にこれを贈りたい。〝ずっと一緒にいてほしい〟という気持ちを込めて』

【DEAR《ディア》】と新作シリーズ名が書かれたパネルの前で、忍は真剣な面持ちで、はっきりとそう言った。

「……だからだったんだ」

動画を再生し終えても、止まった画面を見つめたまま鈴音が漏らす。

「なにが?」

「いえ。伊豆で出会った仲居さんが、忍さんを知っていたと聞いて、なんでだろうって引っかかっていて。それに、登山客にも声をかけられていたんです。『彼女に振り向いてもらえてよかったね』って」

さらに今日、忍が迎えに来てくれたときの『メッセージが届かなくて当然』と漏らしたことも腑に落ちた。

「柳多。余計なことを」

電話から戻ってきた忍は、鈴音の手から携帯を抜き取る。

「出すぎた真似でしたか？　こんなこと、以前の副社長なら絶対にしませんね」

「……柳多は先に会社に戻っていていい。すぐに俺も向かう」

「わかりました。鈴音様、ではまた」

柳多はにこっと白い歯を見せ、爽やかに去っていく。ふたりはロビーを抜け、エレベーターに乗った。上昇していく階数ランプを見上げていた忍が、ふいに失笑する。

「メディアは好かない。だけどそれを利用すれば、きみに伝えられると思ったんだ。我ながら、あのときは切羽詰まっていて短絡思考だったよ」

最上階に着き、忍が先に降りる。鈴音は部屋に入った忍のあとに続き、玄関を閉めて口を開く。

「今の世の中、ああやってずっと残ってしまうのに」

「わかってる。だから今、冷静になると羞恥心が……」

「私はうれしかったです」

鈴音のひとことに、忍は足を止めて振り返る。

「いつもは冷静な忍さんが、短絡思考に陥ってしまうことや、形に残るもので気持ちを伝えてくれたことは、私にとってすごいことで、最高にうれしい」

鈴音が極上の笑みを浮かべて言うと、忍は柄にもなく恥ずかしそうに視線を泳がせる。ひとつ咳《せき》払いをして平静を装い、鈴音へ向かって軽く握った右手を差し出した。

鈴音はなにかと思い、両手で受け皿を作る。手のひらに、すとんと落ちてきたのは、ローレンスの新作リップ。

「形にね……。鈴音。日にちは変更していい。ちゃんと式を挙げよう。鈴音の家族も呼んで」

白い小さな箱には、携帯の画面の中で見たものと同じロゴがプリントされていた。

「そのときは、そのリップを使って。この間、試着したウエディングドレスに似合うはずだ」

鈴音は宝物を手にしたようにリップを握り、凛とした表情を向ける。

「その前に、忍さんのご家族に挨拶し直さなければならないです」

光吉だけではない。桜子や明理にも嘘をついている。

「父は海外で活躍する教授ではないし、私もお嬢様学校出身でもないから、認めてもらえないかもしれませんね。面倒だ、って後悔していませんか？」

忍は目を丸くし、直後、勝気な笑みを浮かべる。

「後悔なんてしない。解決すればいいだけの話だ」

迷うことなく頼もしい答えが返ってきて、鈴音も笑った。

嘘を謝罪し、認めてもらうのは勇気がいる。しかし、恐怖心はない。自分の忍への気持ちは確固たるものだからだ。それに忍と一緒なら、なんでも乗り越えられる。

「忍さんはいつも自信家ですね」

「そんなことはない。きみに関しては相当悩んだ」

忍の言葉に、意表を突かれた。さらに熱い視線を注がれ、どぎまぎする。

おもむろに伸ばされた忍の手が、頬に触れそうで触れない。鈴音がその手の行方にドキドキしていると、忍がぽつりとつぶやいた。

「……今も。触れてもいいのか躊躇してる」

鈴音は驚いて忍を見上げた。言葉の通り、忍の手は宙に浮いたままで、行き場に困っている。

「変ですね。この間まで、普通に抱き上げたりしていたのに」

おかしそうに笑う鈴音は、厚みのある手に自分の左手を重ねる。忍の温もりを自分の頬で確かめ、瞼を下ろした。

「気持ちを解放した今、鈴音に一度触れたら止まらなくなる」

顔に影を落とされた瞬間、壊れものを扱うように、優しく口を覆われる。それからわずかに離して、啄むようなキスを数回繰り返すうちに、どちらからともなく深いものへと変わっていく。角度を変えては唇を奪う。いよいよ鈴音が立っていられなくなり、膝から崩れ落ちそうになった。

忍はすぐに腰に手を回して身体を支え、ひょいと抱え上げてソファに座らせる。長い腕を背もたれにつき、鈴音を囲うようにして耳元に口を寄せた。

そして、低く甘い声で囁く。

「夜まではこれで我慢するよ」

長い指で鈴音の顎を掬い上げると顔を傾け、最後にもうひとたび唇を落とす。

忍のキスは思いが溢れていて、鈴音の心を蕩けさせる。鈴音は無意識に忍の背中に手を回し、恍惚《こうこつ》として受け止めた。

「鈴音」

「……はい」

「あの日、出会った相手がきみでよかった」

忍は目尻を下げ、鈴音を胸に抱き止める。鈴音は忍の心音に幸せを感じた。

「私もです」

鈴音がゆっくり仰ぎ見たのを合図に忍は堪えきれず、キスを重ねる。

「今夜から、またよく眠れそうだ」

鈴音は忍の澄んだ双眼に、今日見た達磨山の美しい景色を重ねた。美しい風景に、心を惹かれたのと同じ。忍の綺麗な瞳に、ずっと心を奪われる。

「ああ、今日ほど仕事に戻りたくないと思ったことはないな……」

忍が項垂れてぼやく。鈴音は忍の旋毛を見て、目をぱちくりとさせた。

「だけど忍さんはどんなことがあっても、ちゃんと仕事に集中しそう……ひゃあっ」

ぽつりと心の声を漏らした拍子に、視界がひっくり返って悲鳴を上げた。なにが起きたかと、ドクドク鳴る胸の前で手を握る。

鈴音は一瞬でソファに倒され、忍に組み敷かれていた。

「まだわかってないみたいだな」

忍はじりじりと鼻先を近づけ、低い声で言った。鈴音の心音はさらに速さを増す。

「集中できなくなったから、俺はこの三日間、必死に鈴音を探し回っていた」

苦しそうに眉を寄せて頬を撫でる忍に、鈴音は言葉を詰まらせる。

「こんなふうに心が満たされるのは初めてだ。悪いけど、もう離してやれない」

忍の瞳が熱情的な色を灯し、目を逸らせなくなる。

「離さないでください」

「……あんまり可愛いことを言うな。どうにかなりそうだ」

ぎゅうっと力いっぱい抱きしめられる心地が、心から愛おしい。少しずつ腕が緩み、再び視線が合ったとき、思いが溢れる。

「忍さん。好き。愛してます」

「俺もだよ」

これからは、ずっとこの思いを抱えていてもいい。鈴音はうれしさが込み上げ、うっすらと涙を浮かべた。

ふたりはまるで祝福するように、もうひとたび、そっとキスを交わす。

おわり

あとがき

こんにちは。宇佐木です。こちらの作品に最後までお付き合いくださいまして、ありがとうございます。

初めての契約結婚ものです。以前から一作くらいはこういった設定を書いてみたいなあとは思いつつ、なかなか書けずにおりまして……。

書いたものの、ふたりが自分の気持ちを認め、素直になって相手に伝えるまでが長くなってしまい、そのあとのふたりまで描ききれませんでした（汗）。難しいですね。

『抗わなければ気持ちが相手に向いてしまうって、もう〝好き〟って言っているようなものだと思うよ』

作中のヒロインの友人のセリフです。この言葉が浮かんだきっかけで、『契約婚で嫁いだら、愛され妻になりました』は生まれました。口では『違う』とごまかしても、心が『好き』と思ったら、どうやっても抗えないのではないでしょうか。

ちなみに、私にとっては作品を生み出すことに当てはまる気がします。どんなに忙しくても、つらいことがあっても、結局作ることをやめられない。でも、それは自慢なことで、幸せなことなのかもしれません。

そして、幸せな時間を継続する力をくださるのは、いつでも読者の皆様です。心より感謝しております。

最後に。今回もとっても素敵な表紙を描いていただいて、恐悦至極にございます。イラストレーターさんって本当にすごいですね！　篁先生、ありがとうございます。

担当様や校正様、そのほか、携わってくださった多くの方々にも、この場を借りてお礼を申し上げます。

それでは。また次回、どこかでお目にかかれることを願いつつ、これからも精進して参ります。どうぞよろしくお願いいたします。

宇佐木《うさぎ》

宇佐木先生への
ファンレターのあて先

〒104-0031
東京都中央区京橋1-3-1
八重洲口大栄ビル7F
スターツ出版株式会社　書籍編集部　気付

宇佐木先生

本書へのご意見をお聞かせください

お買い上げいただき、ありがとうございます。
今後の編集の参考にさせていただきますので、
アンケートにお答えいただければ幸いです。

下記URLまたはQRコードから
アンケートページへお入りください。
https://www.berrys-cafe.jp/static/etc/bb

契約婚で嫁いだら、愛され妻になりました

2019年9月10日　初版第1刷発行

著　者　宇佐木

発行人　菊地修一
デザイン　hive & co.,ltd.
校　正　株式会社　文字工房燦光
編集協力　矢郷真裕子
編　集　三好技知（説話社）
発行所　スターツ出版株式会社
〒104-0031
東京都中央区京橋1-3-1　八重洲口大栄ビル7F
TEL　出版マーケティンググループ　03-6202-0386
（ご注文等に関するお問い合わせ）
URL　https://starts-pub.jp/
印刷所　大日本印刷株式会社

Printed in Japan

乱丁・落丁などの不良品はお取替えいたします。
上記出版マーケティンググループまでお問い合わせください。
定価はカバーに記載されています。

ISBN 978-4-8137-0751-6　C0193

ベリーズ文庫 2019年9月発売

『一途な騎士はウブな王女を愛したくてたまらない』　和泉《いずみ》あや・著

予知能力を持つ、王室専属医の助手・メアリ。クールで容姿端麗な近衛騎士・ユリウスの思わせぶりな態度に、翻弄される日々。ある日、メアリが行方不明の王女と判明し、お付きの騎士に任命されたのは、なんとユリウスだった。それ以来増すユリウスの独占欲。とろけるキスでメアリの理性は陥落寸前で…!?

ISBN 978-4-8137-0754-7／定価：本体660円＋税

『ポンコツ女子、異世界でのんびり仕立屋はじめます』　栗栖《くりす》ひよ子《こ》・著

恋も仕事もイマイチなアパレル店員の恵都はある日、異世界にトリップ！　長男アッシュに助けてもらったのが縁で、美形三兄弟経営の仕立屋で働くことに。豊かなファッション知識で客の心を掴み、仕事へ情熱を燃やす一方、アッシュの優しさに惹かれていく。そこへ「彼女を側室に」と望む王子が現れ…。

ISBN 978-4-8137-0755-4／定価：本体650円＋税

『転生王女のまったりのんびり!?異世界レシピ～次期皇帝と婚約なんて聞いてません！～』　雨宮《あまみや》れん・著

料理人を目指す咲綾は、目覚めると金髪碧眼の美少女・ヴィオラ姫に転生していた！　ヴィオラの作る日本の料理は異世界の人々の心を掴み、帝国の皇太子・リヒャルトの妹分としてのんびり暮らすことに。そんなある日、日本によく似た"ミナホ国"との国交を回復することになり…!?　人気シリーズ待望の2巻！

ISBN 978-4-8137-0756-1／定価：本体630円＋税

ベリーズ文庫 2019年10月発売予定

Now Printing

『強引なプリンスは甘い罠を仕掛ける』 日向野《ひなたの》ジュン・著

病院の受付で働く蘭子は、女性人気ナンバー1の外科医の愛川が苦手。ある日、蘭子の住むアパートが火事になり、病院の宿直室に忍び込むも、愛川に見つかってしまう。すると、偉い人に報告すると脅され、彼の家で同居することに!? 強引に始まったエリート外科医との同居生活は、予想外の甘さで…。

ISBN 978-4-8137-0767-7／予価600円＋税

Now Printing

『ガラスの靴はいらない』 滝井《たきい》みらん・著

OLの桃華は世界的に有名なファッションブランドで秘書として働いていた。ある日、新しい副社長が就任することになるも、やってきたのは超俺様なイケメンクォーター・瑠海。彼はからかうと、全力でかみついてくる桃華を気に入り、猛アプローチを開始。強引かつスマートに迫られた桃華は心を揺さぶられて…。

ISBN 978-4-8137-0768-4／予価600円＋税

Now Printing

『君がほしい～キスに甘く、愛を宿して』 伊月《いづき》ジュイ・著

セクハラに抗議し退職に追い込まれた澪。ある日転職先のイケメン営業部員・穂積に情熱的に口説かれ一夜を過ごす。が、彼は以前の会社の専務であり、財閥御曹司だった。自身の過去、身分の違いから澪は恋を諦め、親の勧める見合いの席に臨むが、そこに現れたのは穂積！ 彼は再び情熱的に迫ってきて…!?

ISBN 978-4-8137-0769-1／予価600円＋税

Now Printing

『君を愛してる、もう二度と離さない』 藍川《あいかわ》せりか・著

大企業の御曹司・直樹とつき合っていた友里だが、彼の立場を思い、身を引いた矢先、妊娠が発覚! 直樹への愛を胸に、密かにひとりで産み育てていた。ある日、直樹と劇的に再会。彼も友里を想い続けていて「今も変わらず愛してる」と宣言! 空白の期間を埋めるよう、友里も娘も甘く溺愛する直樹の姿に、友里も愛情を抑えきれず…!?

ISBN 978-4-8137-0770-7／予価600円＋税

Now Printing

『ポン酢にお悩みの御曹司を救ったら、求愛されました』 藍里《あいさと》まめ・著

地味OLの奈々子は、ある日偶然会社の御曹司・久瀬がポン酢を食べると豹変し、エロスイッチが入ってしまうことを知る。そこで、色気ゼロ・男性経験ゼロの奈々子は自分なら特異体質を改善できると宣言!? ふたりで秘密の特訓を始めるが、狼化した久瀬は、男の本能剥き出しで奈々子に迫ってきて…!?

ISBN 978-4-8137-0771-4／予価600円＋税

タイトル、価格等は変更になることがございますのでご了承ください。

ベリーズ文庫 2019年10月発売予定

『しあわせ食堂の異世界ご飯5』 ぷにちゃん・著

Now Printing

給食事業も始まり、ますます賑やかな『しあわせ食堂』。人を雇ったり、給食メニューを考えたりと平和な毎日が続いていた。そんなある日、アリアのもとにお城からパーティーの招待が。ドレスを着るため、ダイエットをして臨んだアリアだが、当日恋人であるリベルトの婚約者として発表されたのは別人で…!?

ISBN 978-4-8137-0772-1／予価600円＋税

『悪役令嬢に転生してフラグ通り退学になったので田舎でカフェをはじめたら、モフモフの餌付けに成功しました』 友野《ともの》紅子《こうこ》・著

Now Printing

OL愛莉は、大好きだった乙女ゲーム『桃色ワンダーランド』の中の悪役令嬢・アイリーンに転生する。シナリオ通り追放の憂き目にあうも、アイリーンは「ようやく自由を手に入れた!」と第二の人生を謳歌することを決意!　謎多きクラスメイト・カーゴの助けを借りながら、田舎町にカフェをオープンさせスローライフを満喫しようとするけれど…!?

ISBN 978-4-8137-0773-8／予価600円＋税